Gaea

GAEA

陰陽路
陰陽なる途
林綠——著
03

陰陽路

陰陽なる途

目錄

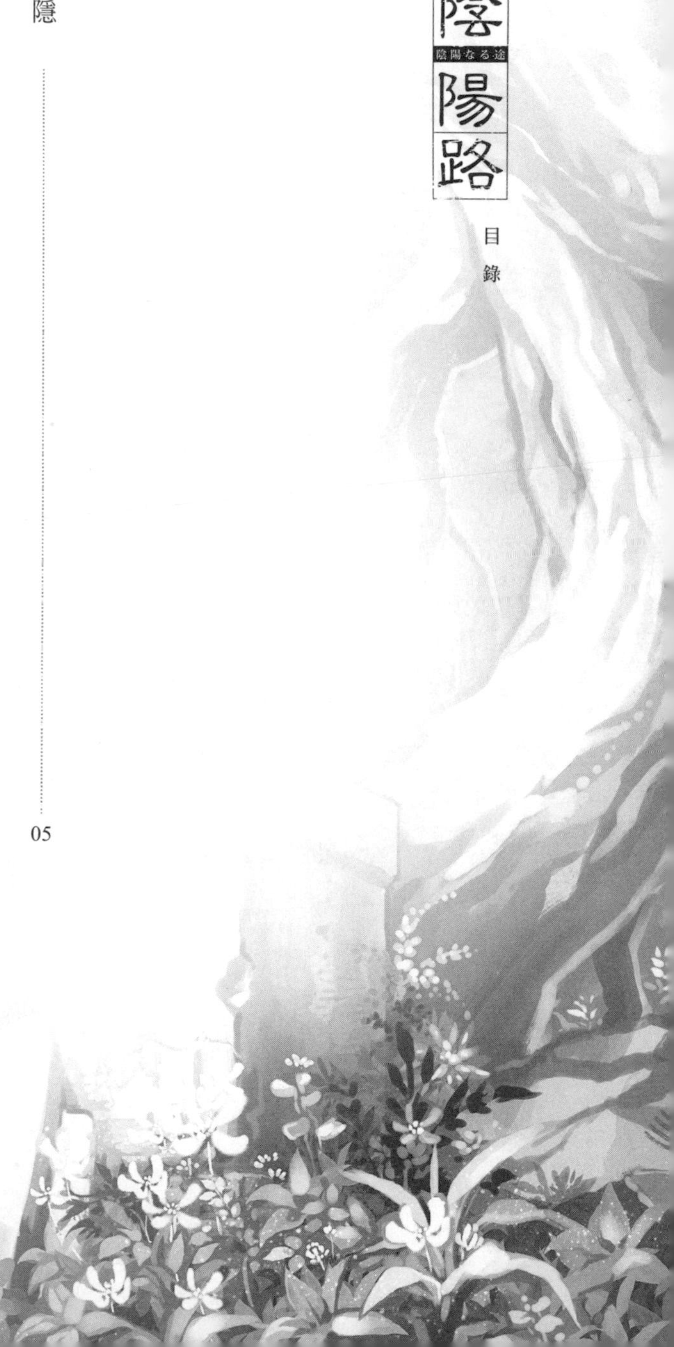

神隱

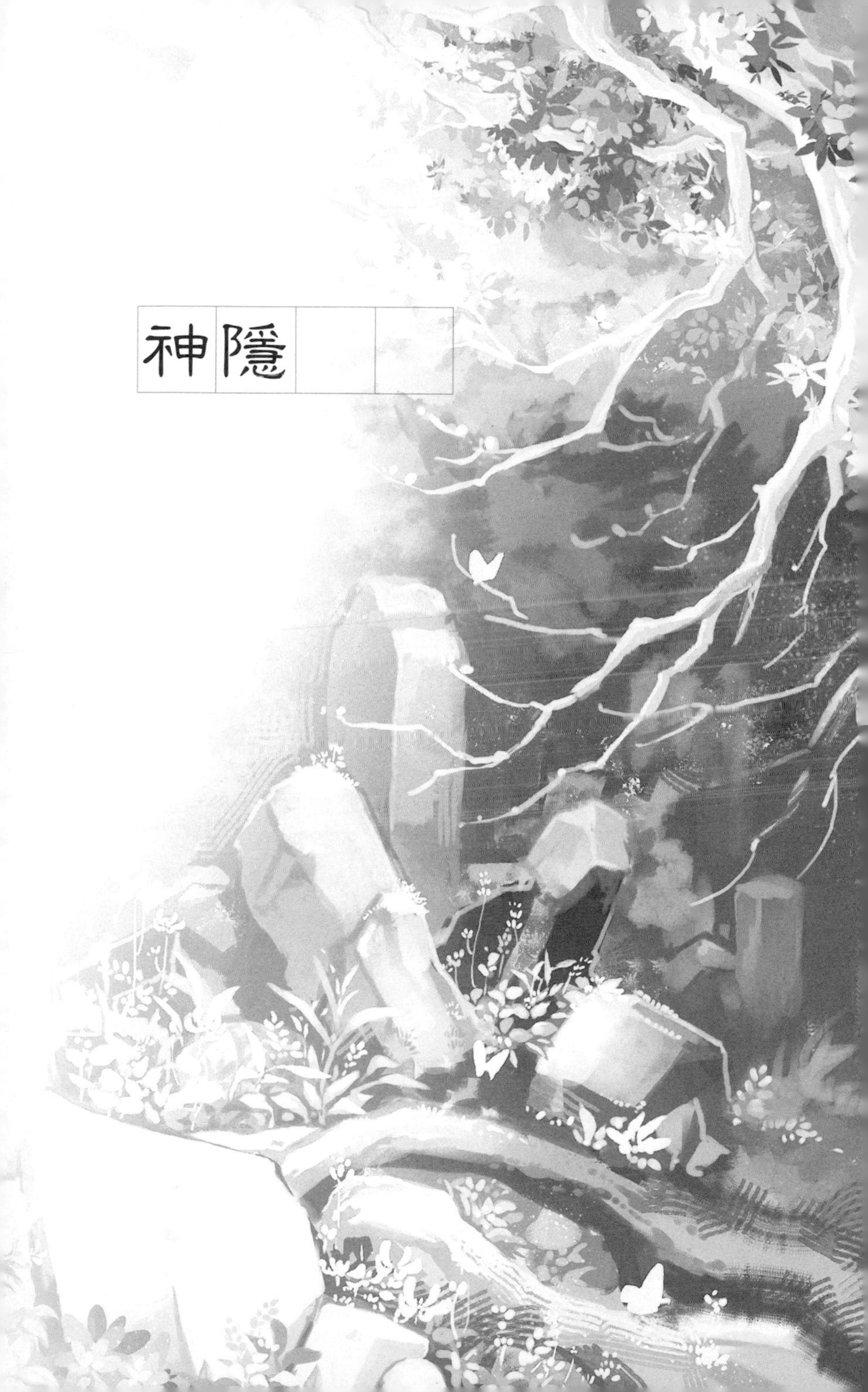

楔子

總經理說：「小萍呀，代我去國外一趟好不好？」

老王說：「出差一日抵平日兩天，趁機好好補一補妳曠職的日數。」

阿夕說：「媽，路上小心。我知道妳很期待外國的美男子，想來點艷遇之類的，儘管去玩吧！」（回來妳就死定了）

熊寶貝從家裡到機場，哭哭不停。

而小七陪著他大哥來為我送機，一句話也沒說，只是僵著身體，努力幫我提行李，還偷偷捏小熊耳朵教訓小弟要當個堅強的孩子。

一直送我到出境處，小七直到被航警示意往後退，才知道不能再跟過來了。看來他是第一次經歷這種遠行的場面，雖然極力表現他的鎮定，但我還是看得出來他實在慌亂。

「寶貝們，再見囉！」我笑著揮揮手，阿夕只是呼出一口長息，好像有點捨不得我，又慶幸我這個唯一能壞他好事的大麻煩終於走了。

連熊寶貝都抬起一雙爪子，難過地揮了兩下，小七卻一動也不動，把頭垂得老低。

在小七身邊的阿夕隱約嘆了第二口氣，掏出一張紙巾，往小七臉上塞。

當我看到幾滴澄澈的水珠從孩子身上無聲地往下掉，心頭也忍不住揪緊，快要擠出汁來。

「小七，我的好兔子。」我溫柔喚著最讓我心疼的小兒子。

七仙胡亂抹乾臉，用怎麼也掩飾不了的紅通通眼睛望向我。

「媽媽一結束工作，就會回家，你要乖乖等我喔！」

小七深吸口氣，也沒抱怨我用哄三歲小孩的口氣哄他這個十七歲的水嫩美少年，只是定定看著我。

「妳一定要回來喔。」他用盡全力，才說了句幼稚的話。

阿夕拍拍他弟的腦袋，然後用眼神明示我不用擔心家裡的事，老王也在前面催促我跟上腳步。飛機要起飛了，可是有好多話還沒說。

還沒分別，我卻已經開始捨不得我的孩子們了。我貪婪地多看幾眼，才收起心，往遙遠的海外飛去。

這一刻，我從來沒想過旅途的風險，空難呀、恐怖分子攻擊，還是外星人大戰，上述的隱憂全部沒有發生。

而是他們全都不見了，我可愛的小家庭失去阿夕和小七的氣息，找不到他們半點消息。

像是被神隱去了蹤跡。

時間回溯到國外浪漫之旅最後一天，我興匆匆拿著近十個人家給的客房分機號碼，去向老王炫耀。

看吧看吧，林之萍的美貌即使過了二十幾年，還是足以征服地球。

老王沒理我，他正窩在飯店房間看外國的新聞節目，手邊不是報紙就是公文。人家視他爲總經理的愛將，特別介紹他去當地著名的高級酒店，也被他一臉屎相地回絕。

「胖胖，你要學著應酬，不然不會叫的豬一定最先被主人宰掉。」他那張雙人床看起來好大好空，我撲過去，故意擠壓他那身橫肉。

「好臭，妳去喝酒？」老王毫不留情地把我推下床。

「嘿嘿，兒子不在嘛！工作完滿結束，就讓小的稍微放鬆嘛！」

「回去妳的地方，別把我的床搞得都是怪味！」老王站起來，打算把我這隻醉鬼架回房間鎖好。我偏要鑽進他的被窩裡，放肆地滾來滾去。

「人家不要一個人睡，好可怕！」我探出半顆頭，又潛進棉被裡，呵呵，來捉我這隻可愛貓娘吧！

然後，老王眞的狠狠擰住我的右耳，把我從被子裡拖出來，還拿隨身的消毒酒精噴我，我才清醒一點。

「對不起，我錯了。」我含淚跪在床下，發誓不再搗亂，請王大人不要趕走民婦，這世上沒有比電話不通又住在單人房還無聊的事了。

「妳不是有一堆追求者？」老王坐在高高在上的床鋪，眼角鄙視著沒節操的我。

那些想想自爽就好，要是眞的跑去偷吃，惹惱阿夕的結果不堪設想。我家掌權的可是大兒子，而不是美麗溫柔的媽咪我。

「羅曼先生剛才來電，大力讚美妳那口破英文無私地爲他們帶來歡笑。」老王說，我得意地咧開嘴角。

王大祕書拍拍他床邊的位置，我飛快爬上去坐好，他和我還是習慣處在相等的位子說話。十幾年來，誰都不想輸給誰，最後終於一起擠到總經理面前，他老人家兩個都很喜歡，我們只好猜拳決定主從順序，不過還是在同一個辦公室，一起吃下午茶。

「林之萍，那原本是我的飯局。」老王又說。

唉，我眞希望他偶爾不要那麼精明。

「他們是大客戶，拒絕掉會被記恨，這樣對公司不好。你不喜歡交際嘛，而我愛死了，這種小事，交給林特助就行啦！」我眞的覺得沒什麼，只是一個人對拚一桌人的酒，還是有些勉強。

「謝謝。」老王沒有看著我，而是盯著液晶大電視，但我了解他的誠意。

「不客氣，讓我睡你的床就好。」有熟人在的外國房間果然比自己的好。

老王又露出要殺我的仇人嘴臉。

「我再也沒見過比妳還欠揍的女人了！」

我從床尾下手，再次把身子埋進棉被裡，任性佔據異地一塊溫暖的地方。

「志偉，不要趕我走啦，我會乖。」

「妳是我什麼人？」老王尖銳地問，我摀著耳朵逃避。「工作伙伴？好朋友？除此之外，什麼都不是。我告訴妳，我們沒有同睡一張床的交情！」

「……你要那個也是可以，我不敢一個人睡。」

「林之萍！」老王抓狂了，我就算嚇得發抖，不走就是不走。

我把自己包成蠶繭，賴皮裝死。如果我現在是一隻蟲，問題就不會那麼多了。

「我討厭模糊不清的關係，妳這傢伙對誰都好，誰都喜歡，但真正放在心上的只有妳家那兩個煞星，沒心沒肺。」

不知道是不是連日加班過度勞累，老王的身影看來特別憔悴。

「就算眞的有了什麼，隔天妳也只會笑著說：『對不起，我喝醉了。』那我不就成了一個大笨蛋！」

「呃，對不起，是我太輕浮了。」我誠心道歉謝罪。「這樣好了，我們來徹夜談心，蓋棉被純聊天，怎麼樣？」

「妳給我去死。」老王重重在我的蠶寶寶皮上搥了一拳。

「來聊聊閨中密友的話題好了。首先呢，林之萍最喜歡的三種男性是什麼？請作答！」

胖子拿起遙控器，自暴自棄地切換頻道來逃避我與現實。

「小男生和戴細框眼鏡的氣質美男子。」

老王，我幾乎要懷疑你住在我的大腸裡了。

「還有一種。」

「有特異功能的小男生。」

「那還是小男生啊，算是同一類。」我扳下第三根手指。「最後就是英明蓋世，髮線倒退，肚子圓滾滾看起來很好抱的中年胖子。」

老王面無表情盯著電視，沒有被我感動的跡象。

「戀父情結。」

「沒有，我爸長得像我爺爺，還滿帥的。」我從棉被比出一根大拇指。「我承認都一把年紀了還是喜歡帥哥，但因爲老王是個胖子，我才喜歡胖子。」

「那又如何？」

不行，遭到銅牆鐵壁般的意志給拒於門外。

「那麼，再來談談王志偉這個人好了，他欣賞的女性……」

「我討厭女人和小孩。」

啊，他竟然一口氣打消我接下來要閒扯的兩大主題。

「老王，總經理臨走前叫你好好照顧小萍。」

「那是社交辭令。」

「可是我怎麼覺得他老人家笑得好曖昧啊，你們過年去日本到底發生什麼事？爲什麼你會被專櫃小姐調笑？」

老王著實一怔，電視停在卡通節目他也沒發現，那我也只好津津有味地看下去了。

「我只是不甘心過去搶輸別人，一時鬼迷心竅。」良久，老王才回了我一句。

「這樣啊……」我想著塞在行李箱裡的禮物，想著小七拿到禮物的樣子。「你會想改變過去嗎？」

「我想重新投胎當總經理的兒子。」老王說得太認眞了，我才確定他不是想說笑話給我聽。

「可是這樣，董事長就會變成你老母。」

「我會想辦法讓總經理再娶。」就是不要老太婆當老母。

「然後出國留學，一表人才地回來，和父親公司新進的女職員一見鍾情，展開熱烈追求，跟我結婚，每天和阿夕吵架。」我想想，這種人生眞是太充實了，連我自己也想過看看。「我都懶得理會龐世傑了，你也放下他吧，阿彌陀佛。」

「林之萍，妳已經老了。」

「是啊，現在回頭看年輕的時候，還眞是有勇無謀。」我想到的是爲小小夕做愛心便當的歲月。「但就算那時再辛苦，也不想扔棄那段時光。沒有經歷過負債和情傷，就沒有現在的林之萍。」

畢竟，有阿夕在我身邊。

但如果小七也在我身邊，那就更好了。

「感覺跟妳在一起，什麼事都會變得很簡單。」老王有感而發。他終於放棄矜持，和我一起看卡通。

「呵呵，我和志偉在一起，遇到什麼麻煩都會安心不少喔！」

老王最後還是沒趕我走，只是對著電視機嘆出一口長息。

□

清晨，手機發出兔子的咕唧叫聲，我抓著劉海從床上爬起身，沙發上有老王隆起的身影。等我翻找到行動電話，它已經響了好一會。

「喂，這裡是兔子老母……」

「媽！」

「大姊！」

聽到這兩道再熟悉不過的聲音，我的腦袋就像被兔子腳飛踢一記，瞬間清醒無比。

「小七，你先說。」

「大哥，你先講！」

先不考慮這通越洋電話是怎麼撥進我關機的手機裡，單論兩道聲音能夠在同一支電話裡溝通，已經是電子通訊劃時代的突破，雖然八成不是科學上的原因。

「出了……沙沙……出了一些事……快點……拜託……沙沙……不要……快點回來……」

小七和阿夕的聲音混在一塊，變得模糊不清。

「寶貝們，怎麼啦？不要嚇媽媽。」

電話裡傳回高亢而無法辨認字詞的曲調、莊嚴的經文，以及女子無助的泣音，就像在我耳邊撓著，直讓我頭皮發毛。

斷訊，而後寂靜一片。我的手機發出灼燙的溫度，等我再也握不住，把它拋置到床頭的菸灰缸裡，看它竄起一股亮紅火焰，瞬間化爲焦炭。

我驚醒，床上的枕頭都被我激烈的動作震下。而醒來的世界，老王還是睡在沙發上，床頭沒有自燃的手機，當然也沒有兒子的來電訊息。

我想著那個再眞實不過的夢，想起爺爺說過——災難臨頭前，總有異兆。

一

我比以往都還要著急要回到生長的土地。

老王開車送我回家，路上還疑惑唸著沒看到我家孩子們的影子。他們都放暑假了，照理說會有一個囂張地騎著機車來接我，另一個把我大半行李扛著，輕鬆傳送回去。

我只是不安地笑著。

等我扛著變成兩倍的行李回到家門，還懷抱正面的希望掏出鑰匙，打開門直衝進去。

「要錢還是要命？十八歲以下的給我抱，十八歲以上的去煮飯，不過當然還是可以給我抱！」

我亂吼亂叫好陣子，最後才認清沒開燈的家裡沒人在的事實。其實這也沒什麼好大驚小怪，小孩子出門和朋友玩也是常有的事。

我蹲在黑漆漆的客廳裡，抱著雙膝，突然覺得比在國外還要寂寞。

房子靜得不能再靜，我才聽到自己呼吸聲以外的微弱聲響，某種嚶嚶泣音，像是哭到嘶聲力竭之後，百般徒然的餘聲。

我去開燈，當客廳大亮一片，才發現媽咪我犯了多大的疏失。神壇下，熊寶貝抱著供桌的一支桌腳，縮在裡頭發抖。半顆絨毛腦袋怯生生探出頭來，隨即又縮回去，抽泣不止。

「熊熊，是媽咪呀，不怕不怕。」我低下身，向小熊寶貝招招雙手。他遲疑地望了我一眼，努力確認我到底是那個和他一起飛高高的媽媽大人，還是小七故事中那個專門吃小熊的虎姑婆偽裝的。

我再靠過去一點，再近一些，足以觸摸到他毛皮的距離，輕搔了熊耳朵兩下。小熊終於相信我，用力撲進我懷裡，放聲大哭。

「寶貝，阿夕和小七呢？」是去玩了吧？是這樣吧？

熊寶貝只是一直哭。

我抱了小熊一陣子，等它情緒穩定下來，才決定正視另一個問題。

「媽媽現在想拉屎，你先等一下喔，乖。」在國外總排不出來，我憋了好久。關起門，正要放鬆肛門，浴室門口卻傳來急促的拍打聲。我半拉起裙子打開門，才一會兒，小寶貝又哭了。

我一開門，熊寶貝就衝進廁所緊抱住我的右小腿，說什麼也不放開。

我把熊拎起來，捏著鼻子告訴他，染上大便味，會變成臭臭熊。熊寶貝也不聽，執意要黏在我身上。

「好啦，臭臭就臭臭，等一下再給你洗香香。」我把小心肝抱進懷裡。他需要我來安撫，我也得倚賴他來鎮定心神。

他的哥哥們到底不見了幾天，才把這孩子嚇成這樣？

我和小熊在客廳發呆一夜，房子裡還是只有我們兩個。

□

隔天，我揉著黑眼圈去上班。公車上，所有人都在看我，更正，是看我背上的熊。我用兩條布巾把熊寶貝固定住，乍看之下，頗有帶子狼的架勢。

我來到公司後，進入祕書辦公室之前，熊寶貝被公司上上下下的員工玩過一遍才回到我背上。我跟小熊勾爪子過，出門在外不准亂動，他就乖巧地僞裝成普通的絨布娃娃，讓女孩們爲他尖叫。

一直到了老王的根據地，熊寶貝才癱在我背上，眞是難爲了這小傢伙。

「林之萍，那是什麼？」老王從電腦後瞪了一眼過來。

「我家的熊，很可愛吧？」炫耀、炫耀。

「別把私事帶來公司。」老王微慍說道，嚇得熊寶貝縮了一下。

「請通融一下，他會乖。」我把小熊放在桌前，開始處理累積一個禮拜的公務，忙得我幾乎要忘掉大帥哥和小兔子了。

不過，偶爾也得回過神來，逗弄我家的小熊寶貝。你很乖，所以媽媽也會堅強的。

「林之萍。」

「老王，我快好了，你先趕下一份。」

「午休了，該吃飯了。」

我抬起頭，對上老王怪異的眼神。往常都是我催促老王放飯，今天卻忙到忘了，人老了就是記性差啊！

「妳怎麼了？整個上午半句廢話都沒說。」一向冷靜的老王難得有些驚恐。

「呵呵，沒有呀！」我拉了拉熊寶貝的小爪子。「熊熊，中午想吃什麼？媽媽買給你。」

「爲什麼這隻布偶會淪落到由妳照顧？」老王把熊寶貝說得很慘似地。

「哎，我是媽媽嘛。山豬，那你想吃啥？兔子老母爲你張羅。」

老王聽了也沒生氣，只是臉色越來越怪。

「反正現在是休息時間，妳有什麼事就告訴我吧！」

我對老王這句話，從來都沒有抵抗力。

「志偉……」

我眼前的王祕書漸漸模糊起來，淚水混著妝底，糊成一片一片。

「阿夕……阿夕和小七……不見了……我的寶貝……不見了……」

熊寶貝慌張地踩著文件過來關心媽咪，被我抱進懷裡，也跟著我哭起來。母子倆嘩啦啦哭著，長城也會傾倒，淡水河也會變鹹。

「都是我這個媽媽太差勁，他們不要我了……」

「妳是很糟糕，但該做的也都做了，至少讓他們從無到有。」老王竟然在安慰我，可見我這張臉哭得有多花。

「他們一定是嫌我很煩……」

「妳是很煩。」

「把家事都丟給阿夕，害他沒時間交女朋友。」

「我相信那傢伙單身還另有更卑劣的原因。」

「還有小七，我老是找機會彈他屁股、半夜無聊撲到他床上、在地上耍賴打滾，就是要跟他一起洗澎澎！」想到小兒子激動的可愛模樣，我不禁悲從中來。

「我想，他最需要的應該是社會局的救助。」

「對不起，我現在會開始反省——」我不是故意要騷擾兔子，但看他白白一團，乖巧地窩在那裡，就是克制不住。

老王抽了兩張面紙，叫我眼淚自己擦。

「妳問過他們身邊的人了嗎？」

我搖搖頭，昨晚腦袋空白一片，什麼也想不出來。

「妳回去，先聯絡他們的朋友，我會另尋途徑打探他們的下落。他們兩個不是常人，也不是小孩子了，妳別太操心。明白了嗎？」

「明白。」我抿住唇，點點頭。

爲了報答老王的恩情，我決定幫他買飯，爲了避免熊寶貝被我忘在店家還是路口，請老王顧一下熊。

沒想到當我拎著餐盒和牛奶回來時，居然在辦公室外聽見熊寶貝清靈的笑聲。我偷偷摸摸探頭過去，看到老王壓著鼻尖，嘓嘓叫著，把第一次見識到山豬的熊寶貝逗得可樂的。

老王每次的眞情流露，都屢屢刷新我的好男人紀錄。

「偶是一隻大胖豬。」老王說，在熊寶貝面前搖晃胖嘟嘟的身軀。

「是這世上最可愛的中年豬喔！」我說。

「林之萍！」老王整個人跳起來，他大概沒料到我會用跑的回來。我手上還提著午飯，衝過去把他抱個滿懷，用力朝他臉上香了兩記。

「志偉，你要是娶不到老婆，我就嫁給你！」

王桑推開亂蹭的我，揉著太陽穴，敢情我兒子失蹤的事也讓他倍感棘手。老王沉重地說：「不可以當眞，認眞就輸了。」

多虧有老王讓我撐到下班，熊寶貝也讓他揹著，大恩大德，以身相許。

「芝麻開門……唉！」

回到家，房子還是暗的，心裡那一株希望小芽又悲傷地凋落於冬日。我仔細找遍家裡上上下下，沒看到任何留言，倒是翻到阿夕的新樂譜和小七的心情日記，喜孜孜偷看完之後，面對沒有他們的空屋子，更顯淒涼。

「熊熊，你覺得他們會不會和新女朋友去冒險尋找桃源鄉的寶藏，所以才沒回家。」

熊寶貝把爪子往下揮，用肢體動作學他哥哥們吐我嘈。

我的手機自從那一夜自燃的夢後，就變得有點秀逗，忽明忽暗。好不容易，我才從幾百人的通訊錄中，找到一組聯絡人電話，與小七相關的人也只有他一個。

「喂喂！小晶晶，大事不好了，兔子不見了，我到底該怎麼辦呢？」我裝哭，假裝是受害人，這樣蘇老師就不會檢舉我這個母親有照護疏失。「你一定要幫幫我，我一個人好怕喔！」

「妳這個水性楊花的女人！」對方咬牙切齒。

哎呀，這個渾厚的聲音我從上班聽到下班，怎麼會是老王呢？

「對不起，我錯了。請找蘇老師，我是明朝的母親。」運氣不好，要白痴要到地雷，就像總經理寄來的相親帖子被阿夕簽收一樣。

「阿晶，電話！」老王往旁邊喊，我聽見詭異的爆炸聲，隨後是斯文的男音。

「之萍小姐，妳好。」蘇老師回答得有些喘。

「你現在還住在包包學長家呀？」我竟然忘了氣質教師和老王這層關係，眞是失策。

「宿舍重建工程延宕，阿偉學長好心收留我。我本來想幫他做點家事，沒想到……」

「阿晶！」老王從遠處大叫。

「呵，鍋子就炸掉了。」蘇老師呆笑起來。

小七在日記裡寫了許多蘇老師的事，氣質青年不爲人知的一面，像是家政老師拒絕往來戶、把自己領帶收到四角褲裡、曾經把房間發霉長出的蕈類拿到學校給園藝小股長照顧等等，充滿歡笑與淚水，都是他和蘇老師之間珍貴的祕密。

「不好意思，雖然聽見妳的聲音就足以令人雀躍了，不過還是請問妳有什麼事？」

「出國一星期，都不在家，想要探聽小朋友的事。」我盡量把理由模糊化。

「我前天帶他去郊外寫生，他不太有精神，想必是思念妳的緣故。」

唔，我在外面也好想念兔子寶貝。

「他一直在等妳回來，而妳終於平安歸來，他一定很開心吧？」

「蘇老師……」怎麼辦？他也一無所知。

「嗯？」

「兔子，不見了。」

電話那頭一陣沉默，然後響起十分低沉的男聲，雖然還是蘇老師的聲音，但已不同於他的語氣。

「白仙不在？」

「對不起，我把您的乾兒子搞丟了，真的很抱歉。」我朝電話深深一鞠躬。

「我倒是認爲，妳可以拆了家裡那個佔位子的無用神壇！」對方傳來懊喪的拍桌聲。

「不要啦，小七一定會哭著去追資源回收車把您撿回來。」這種嚴懲自我、惹哭兔子的事，千萬使不得。「您心裡沒有一個底嗎？」

「難道……收回去了？」

我聽見這句沉吟，差點把手機摔成兩截。誰把什麼收回去？就算是老天爺，也不該在林之萍不在的時候，暗中拿走她搶來的寶物！

「應該不會，因爲他說過要等妳回來，他答應妳了，那就絕不會輕易離開。一定是遇上什麼緊急事態，才會抽不開身。」

蘇老師又恢復溫和的口氣，只是那份沉重的不安，連話筒這一端的我也感受得到。

有什麼事能讓小七來不及交代行蹤？又有什麼可以攔住他兩個日夜以上的時間？

「老師，就麻煩你問問明朝的同學，看看有沒有人知道他去了哪裡。」

「請妳放心，我一定會找到他的。」

蘇老師的保證稍微安撫了我，但我又隱隱覺得不會那麼容易。

阿夕曾經提過，小七不受法則束縛，在他無心無意的時候，能夠遊走於任何空間，是隻厲害的兔子。所以，如果哪天他眞的決意離開這個家，就算我踏遍世上每一塊土地，都不可能找到他的蹤跡。

誰教臭小七老是說要離家出走、要流浪，害我這個老母擔心得要命。

聯絡完蘇老師，我舉高快壞掉的手機，湊近光源，繼續尋找下一個通訊者。這時，門鈴響了，我大喜過望飛奔過去開門，不管大的小的，或是兩個一起，我這次一定要用母親的威嚴去好好教訓一頓，順便換得兔子的懺悔抱抱。

我開門，門外卻不是兩者其一，而是青春洋溢的男孩們。

「之萍姊姊，晚安！」小草、鴿子和香菇三人，向我咧開太陽花笑容。

眼睛因爲失望忍不住有些酸澀，但我還是很高興他們的來訪。

他們脫了鞋，一個個向我行禮進屋，也不就座，而在客廳較空曠的一角排開三人陣型。高大的香菇半蹲在後，做出打鼓的姿態，纖細的小草和修長的鴿子分別捧著長形的弦樂器，朝我和廚房的方向頷首致意。

「讓我們偶像天團『十八層地獄』，爲您演唱『晚餐時間』！嘎嘎嘎——！」三人發出意義不明的吼叫聲，當作歌曲的開場。

「噢噢噢……陛下……我們尊貴又傲慢的主君大人——」小草和鴿子的聲音一高一低，做出完美的合聲。

「囂張、傲慢、不聽鬼勸！」香菇有節奏地伴聲，應該是所謂的rap吧？

「噢噢噢……看在我們爲您做牛做馬那麼多年……賞口飯吃吧——」

「請、賞口飯、吃！」

「噢噢噢……聽說您去學了義大利菜，果然之萍姊姊人在哪您的心就在哪，雖然她在西歐，義大利在南歐，反正都是歐洲……」

「孔子、也說、世界大同！」

「噢噢噢……我們也想看一下白仙——」

「小、白、兔！」

「噢噢噢……不過主要還是想來蹭飯啦——拜託——」

「又、又、又！」

「請可憐可憐小的——」

他們手勢同時往下一揮，很有默契地靜下聲音，而後舉高雙手往前滑行，齊齊跪在我家地板。

「賞口飯吃吧，小夕夕！」三人最終合聲。

我彷彿聽見收尾的吉他聲，熱烈爲他們精湛的演出掌聲鼓勵。

他們滿足地笑了，一起用膝蓋爬到我面前，像極蝴蝶的幼蟲。

小草說：「我想吃海鮮義大利麵。」

鴿子說：「風味披薩。」

香菇說：「奶蛋素，什麼都好，阿彌陀佛。」

「唔啊！」他們三個眼睛閃閃亮亮，我實在不忍心告訴他們實情。「抱歉，今夕不在，好像不見一段時間了。我還以爲他和你們在一起。」

三人大驚。

「之萍姊，妳就算再怎麼無視他的感情，也不要明著帶男人回家過夜！」小草率先跳起來，架著我雙肩激動搖晃著。

我沒有呀！

「我似乎看到心碎但還是幫妳和那男人準備晚飯，在廚房暗自垂淚的陛下。」香菇黯然說道。「一邊切絲，一邊擬定殺人計畫的陛下……」

就眞的沒有男人嘛！

「之萍姊，很遺憾地，那個男人大概已經成了屍水，順著下水道排放到大海去了。」鴿子把整個事件導向午夜劇場。「陛下不在，是因爲他正在棄屍。」

「沒錯！」小草和香菇附和著。

我再三和他們保證沒有「那個男人」，他們才願意正視阿夕的失蹤。

「阿姨拜託你們，用力想想看，一點點線索也好。阿夕從來不曾突然離家，我實在很擔心。」

三人低頭沉思，似乎沒辦法把「林今夕」和「遭遇不測的受害者」連結起來。

「除非，有人想竄位……」

香菇蹦出一句，三人之間的氣場頓時詭異起來。

「夏格致，今夕陛下總是把你當沙包打，是你幹的吧？」小草攬著纖長的身子，幽幽一笑。

「葉素心，好一個血口噴人。你平時對陛下百依百順，可是心裡頭其實相當不滿他的專橫吧？」鴿子瞇起雙目，惡狠狠咧出白牙。

「好了，陛下那種主君，會想砍他幾百萬次也很正常。」香菇出來勸架。

「古意，這麼說來，你也有嫌疑，對吧？」鴿子和小草投以尖銳的目光。

「這是什麼話？」香菇總是和氣的目光，突然陰沉起來。

「哼哼哼！」三人冷笑成一團，害得熊寶貝縮到我的小腿邊。

「不過，最有嫌疑的還是那傢伙了。」小草嫌惡地說。

「是呀，只有他一個留在下界，居心叵測。陛下居然那麼相信閻羅那個小人，把管理權全交給他。」鴿子恨恨咬著牙。

「對下故意收買鬼心，對上什麼都承陛下的意。陛下恐怖統治的漫長歲月中，那傢伙僅僅爲他那個判官頂撞過陛下一次，我們都不知道爲陛下直言過幾萬次了？好心機。」

「無恥！」

「卑鄙！」

「排擠他！」

他們這群大男孩不知不覺散發出三姑六婆的氣場。

「這表示他是個愛護下屬的好長官吧？」我爲他們的人際關係插嘴一下。

「之萍姊，妳怎麼可以幫外人說話！」三人委屈地向我哭么，不依不依。「我們才是陛下忠心耿耿的臣子，其他人都是逆賊！」

該怎麼說？我個人覺得阿夕應該看得出來誰是真心待他，但他就算知道，也不會輕易說出口。

他們繼續東家長西家短，說的不像學校的事，胡鬧一會後，小草看向我，側肘頂了頂左右兩人，他們趕緊收起玩笑話，向我道歉。

「對不起，因爲難得能夠暢所欲言，把林姊姊交代的事給忘了。」

「不要緊，我喜歡你們熱熱鬧鬧。」他們眞是溫柔的孩子。

「今夕陛下不會有事的。」格致牽起我的手，自信滿滿。「之萍姊姊，妳兒子有一種與生俱來的力量，除非天上那一尊下來找碴，不然沒人動得了他。」

小草和香菇也點頭附和，他們不覺得阿夕會出什麼意外。可是我看著林今夕從小長大，他遇上的麻煩一次比一次艱險，平安符安上一紙又一紙，卻總是防不勝防，我沒有辦法不憂慮。

「更何況，有白仙在啊，他不會放任陛下遭遇危難。」小草在頭上畫了長耳朵的形狀，我勉強露出微笑。

「那個，小七也不見了。」小白兔流浪在外，說不定早就被抓去紅燒了。

他們三個張大嘴，不可置信，我也花了一整個晚上才接受這個事實。

「天啊，有誰敢一次冒犯上下兩界？」香菇的大手按著額頭，小草和格致的臉色都不大好。

「紀錄上有幾個嫌疑犯。葉子，你看公會有沒有妄動的術士？」格致撓著髮絲，絞盡腦汁揣測。

聽說小草在富麗堂皇的道士大公會打工，時薪三百五十元，還充當阿夕探子的角色。

「你認爲是『人』幹的？」

「數據會說話。一直以來，眞正犯事的往往不是天上，而是人間。」格致往桌上用力一點，另外兩人也認同他的論調，各自陷入沉思。

我沒辦法幫忙討論辯證，只能幫他們倒來三杯茶水。

一會，他們一同舉起食指，攤出心中的頭號嫌犯——陸家風水師。

「反正遇到極度糟糕的壞事，和姓陸的一定有關係，每幾百年就會興風作亂。」

「越想越覺得沒錯。」

「現在陸家當家是十七歲的少年，他一共炸掉張天師的公會三次——是一個人對上公會三百人精英，血洗三次。」

「而且姓陸的和閻羅有勾結。」

「嘿嘿！」三人勾起陰惻惻的笑容。「這次就不相信安不上『閻王大人』一個意圖叛亂的罪名。」

「不好意思。」我舉起手，他們一起看向我，又回到大學生的清純模樣。「應該不是你們說的陸家，我和他……他們有一些交情。」

此話一出，對他們來說，好像比阿夕、小七失蹤更加晴天霹靂。

「之萍姊，妳連那個專出瘋了道士的陸家也能收服？」

「不愧是太后大人！」

「沒有啦，這只需要一點馴獸的技巧……」我本來想胡扯一番，大吹大擂自己怎麼把小男生弄到手心上捏圓搓扁，可惜現在不是說瞎話的時機。「我見過那孩子，和小七感情不錯，不會做出傷害朋友的事。」

「妳錯了。」

「妳錯了。」

「妳錯了，白仙就死在他手上。」三連發，他們可能懷疑我的識人眼光受到小男生美色左右。「那件事鬧得可大了，還驚動了陛下……呃，我們是在講三百年前的傳說，和今夕大人沒有關係。」

雖然他們解釋得很心虛，我還是點頭以對。

「傳說中，前世的白仙來到地府，天雷只毀去他的肉身，魂魄還是乾淨得嚇人。下界被他的靈魂照得一片亮，閻羅審了老半天，終於承認這人不是他做主得來，特意去請陛下裁定。」

「問他是不是被陸家害死，他堅持不是，還一直擔憂天上會不會降罪世人。他只待了極短的時間，就讓冥界躁動的冤魂平靜好一陣子。那時候，陛下應該是真的有意要留他下來。」

「結果，那位尊貴、高傲，從來只有他拒絕人、沒被人拒絕過的鬼界主君，被硬生生打槍。」

「白仙問了他的師門、生母，全都不在冥府，沒有人等他，他就甩了陛下，到天上去了。」

三人輪流對看著，偷笑個兩聲，然後黯淡下來。

「這算是冥界歷史一個極大的分水嶺。許多大官總算認清底下差役越來越少的事實，沒有善魂肯留下來做事，可是人世的人卻快速成長，陛下只好拉長亡魂停留陰間的時間，承受更多死亡帶來的怨念，這是相當沉重的負擔。」

「所以，脾氣就更差了。」香菇鎖緊眉心。

「很久，沒聽他唱曲子了呢……」小草眼底染上一抹哀傷。

「好了好了，大魔王最不需要的就是同情。我們還是快點查清事情始末，來解決之萍姊姊的煩憂。」格致拍拍手，拉回一開始的主題。

我看著三個好孩子，他們也認真看著我。

「肚子餓了嗎？」

「餓了。」他們誠實地說。

「對不起，讓你們白跑一趟。要是你們不介意，留下來吃晚飯好了，就當作是陪陪阿姨。」我記得廚房還有罐頭和水煮麵條，沒問題的。「小熊就麻煩你們照顧一下，阿姨去廚房忙。」

他們陪笑，理所當然把熊寶貝放到格致僵硬的懷裡。

「小殿下，跟哥哥們一起玩。」小草和香菇在一旁逗弄著。

沒想到，熊寶貝縮成一團，一秒、兩秒……大哭起來。跳下人家的大腿，直往我小腿黏過來。

「格致，你弄哭他了。」小草冷眼說道。

「我……」一向伶牙俐齒的鴿子青年，百口莫辯。

我隱約想到有什麼不對，和熊寶貝有關。

「阿夕他總是自以為人父，怎麼會把小熊丟下來呢？」我把熊熊從小腿拔起來，放到後背上，輕晃著安撫。

那時候，阿夕問小七為什麼不消滅掉嬰靈，而我卻比較想問今夕，一向討厭鬼怪的他，為什麼把自己最得意的娃娃作品讓熊熊當身體，讓我這個普通人也能抱著玩？

總之，阿夕不是不負責任的人。

「一定是遇到脫不開身的危險。」格致才說完，就被小草他們卯頭，他們怕我聽了難過。

「在家裡，還是在外頭？」

熊寶貝止住哭聲，動了動，爪子往門口比去。

「是去外面沒回來呀，謝謝你，寶貝。」東問西問，我怎麼就漏了這個可愛的小證人，眞是關心則亂。

這也讓我釐清一件事。

「你們是阿夕的第二保母順位，要是他眞有萬一，一定會通知你們過來照顧小熊。」

小草他們沉默一會，才複雜地開口：「只要他想，的確可以聯絡我們。」

「但是阿夕沒有，因為他以為第一保母會回家顧熊。他以為，小七在家；同樣地，小七也認為他大哥會在，才會離家。」

我想起那個半夜兒子來電的夢，實在搞不清楚是眞是假。

「我那兩個孩子應該是各自遇上事件，但就這麼剛好，一起失蹤。」

如此一來，便去掉那個最糟糕的可能，但還有一大堆令我不願細想的原因，對於實際上發生了什麼事，依然毫無頭緒。

格致「啊」了一聲，又喃喃說著「不會吧、不可能」，小草踹了他一腳，叫他不要賣關子，他才拿起嶄新的銀白手機，撥了通電話。

「茵茵沒接。」

他們的視線齊齊刷向我，我才納悶花花怎麼了。

格致再接再厲打了另一支號碼。

「謝伯伯，我是格致，對，夏局長的小兒子，母親的生意也多賴你們照顧。好久不見了，以前常常到府上拜訪呢，請問小茵在嗎？」

我們屏息以待，看著格致微妙的表情變化。

「三天前就出門了？真遺憾，聯絡不上嗎？你們也別太緊張，茵茵就是愛玩嘛，要是真有什麼，我就叫爸爸、叔叔派人去找，不會有事的。」

格致掛了電話，香菇拍拍他肩膀。

事件往粉紅色的那條小路，轉了個九十度的大彎。

「看來和姓陸的沒有關係，陸家什麼都敢殺，就是不碰人類。」小草不太開心地剔掉他們心中的大嫌疑犯。

他們這麼說，好像花花是人，而阿夕和小七不是，才會被分成兩類。

「之萍姊，妳眞的沒有帶男人回來過夜嗎？還是在國外夜夜笙歌被林今夕抓包？請妳老實告訴我們。」

爲什麼話題又轉回我身上？這到底和我去找小白臉有什麼關聯呀？

「妳想知道陛下當初怎麼會和茵茵交往？」格致露出詭笑。

「好想知道！」我一直努力套話，努力到那兩個孩子分手了，阿夕那張嘴還是緊得一滴口水都沒漏出來。

他們霍然起身，移開沙發，在客廳演出即興小劇場。格致飾演阿夕，而小草扮成風華絕代的花花，香菇的角色則是兼演眾多配角。

「喂，媽，我下課了，妳今天想吃什麼？」格致溫柔到有點噁心地說著電話，香菇捏著鼻子回應。

「呵呵，寶貝，我晚上要去聯誼，給你找個新爸爸，等我！嘟嘟嘟——」

格致盯著被掛掉的電話，沉默良久，眼神充滿幹意，臉上結了層霜。說實在話，他演得可眞好，阿夕眉宇間的神情抓得有九分像。

這時候，小草併攏大腿，雙手捧心地跳出來。

「林今夕，謝謝你上次救了我。」小草看著格致，雖然口氣矜持，但心裡的愛慕卻從眼裡流露出來。「我不想欠人，你要我怎麼回報你？」

「我受夠了，妳來當我女人。」

「咦？」小草震驚地退了一大步。

「妳願意做我女朋友嗎？」格致說著並非真心的話。

「隨便你！」可是小草卻演得很開心，非常高興。

香菇在旁邊咬手帕，我問他這是誰，他們說是龐心綺小姐。

「下台一鞠躬！」他們向觀眾行禮，謝幕。

我想拍手，他們卻用力盯著我，似乎希望我能好好懺悔過去的言行。

「根本就是意氣用事。」格致重嘆口氣。

「可是陛下對謝茵茵眞的不錯，他很認眞學著扮演好男朋友，幾乎有些在勉強自己了。」小草又一聲悠遠的嘆息。

「那時候，我們是不是有叫他放棄？畢竟這不合人世的常理。」香菇瞄了我一眼，搖著頭，帶了些自責的意味。

「有。」格致篤定回答，「他會聽取我們的意見，可見他自己也拿不定主意。天地之間，竟然能有讓他迷惘的事，應該說，迷惘的人……」

「阿夕有什麼煩惱嗎？」我試著詢問，他們的嘴卻立刻緊閉起來。

「之萍姊。」還是最常和我聯絡的小草深吸口氣出聲。「我認識林今夕也算久了，他經歷了一段相當長孤寂的歲月，才喜歡上這麼一個人。就算無法給他承諾，可以請妳至少不要傷他的心嗎？」

「簡單而言，就是不可以選擇林今夕以外的選項。」格致霸道地說。

「可以說『好』了，夫人。」香菇朝我鼓勵著。「請回答。」

「唔，我不知道。」腦袋漲成一團，總覺得他們已經偏離尋人的話題。

「嘖，失敗，誰教我們都過十八歲了。」

哎呀，跟年紀沒關係，別老是把我往那兒想。

「陛下，你就安心地跟茵茵去私奔吧！」格致往西方拜了拜。

「那條路好走多了。」小草微癟起嘴。

「不過用膝蓋想也知道不可能。」香菇一說，三人又一起嘆氣。

「既然和茵茵有關係，那某人絕對脫不了干係。最近才想說她的小動作怎麼變少許多，果然就惹來大麻煩。」

「有誰知道龐心綺下落？」

小草登高一呼，三人同時打了個響指，我幾乎在他們頭上看到發亮的電燈泡。

他們收拾起來，站起身，像來的時候一樣，客客氣氣朝我行了告別禮。

「再見了，之萍太后，請恕臣等先行告退。」

「等等！」我放聲大喝，三人也不敢再有動作。

我飛快打開化妝包，重新上了粉底，刷開睫毛，用唇膏把蒼白的唇抹出妖艷的紅。最後，也最重要的，把熊寶貝牢牢挾在腋下。

夜還長，哪有獨守空閨的道理？

「帥哥們，咱們去約會吧！」我把手指撫過下唇，朝三人輕點三下。

他們怔了怔，互看兩眼，然後放開笑顏，屈下單膝，各自伸手到我面前。

「娘娘，樂意之至。」

我帶男孩們去吃個飽，他們三個家世背景差了十萬八千里，可是吃相很像，像是農曆七月放出來的餓鬼。

我也想加入他們大口吃肉、大口喝果汁的行列，可惜我現在得扮演氣質系人母。

「之萍姊，其實前天發生一件事。」他們滿嘴油光，三雙眼睛小心翼翼地朝我看來。

「哦，好想知道。」

三人偷偷歡呼一聲，他們會在外面講的，九成是八卦。

「今夕陛下煮飯給我們吃喔！」小草他們獻寶般，窩到我耳邊嚼舌根。

「那眞是太好了。」去國外雖然吃了不少美食，但最懷念的還是兒子的好菜。

「因爲前晚不知道什麼緣故沒睡飽，早上爬起來又忘記小七弟弟跟老師去畫畫，甚至也忘了妳出國工作，恍恍惚惚做了午餐分量的早餐。我們三個被召集過來的時候，陛下已經坐在餐桌上，瞪著一桌熱菜。」格致歡樂講述的底下，隱約帶了絲淒涼。

「說起來，根本不是要做給我們吃的。」香菇不願意自欺欺人。

「不過氣氛還是很不錯。陛下本來不太開心，看我們吃到舔盤子，臉色才稍好一些。不料，格致卻說了禁句，害陛下龍顏大怒，從頭到腳又從腳到頭地把他踹過一遍。」

小草話鋒一轉，格致雙手捂面，假哭起來。

「是什麼？」我好好奇，絕對沒有想去踩踩阿夕地雷的興趣。

「忍不住，比較了一下。」格致怪笑兩聲，就被香菇用粗壯的手腕勒住脖子。「你們也知道我必須有話直說。我得讓陛下明白，他在這裡花了最多心力學習的兩項技藝，都是『那傢伙』最喜歡和最擅長的。」

「阿致，你就被虐這點，讓咱們其他人望塵莫及。」小草撐著右頰說道。

他們說的話比在我家說的隱晦許多，我不好逼問，也只能猜了。

「是今夕喜歡的人嗎？」

「完全不是那回事！」三人同聲駁斥我的臆測，哎呀呀，何必那麼激動？「陛下喜歡的是有凹有凸的成熟女性呀！尤其是一個人把兒子無微不至從小拉拔長大的樂觀母親！」

「呵呵，說起來還真像我。」沒辦法，人家畢竟是女性的楷模。

「之萍姊。」小草握起我的十指。

「嗯？」

「去結帳吧，感謝您！」他們眼角似乎含著淚光，我叫他們不用太感激林阿姨，這只不過是筆小錢。

吃飽飯後，正事就來了。他們一行人領著我，來到城市夜生活最繁華的中心，一直往霓虹燈最深處走去，最後繞進一間位於地下室的酒吧，招牌用紅色燈管繞成「Hell」字樣。

我的高跟鞋一踏進店裡，便有名像店經理的男性迎面而來，我覺得有些面熟，向他笑笑，後來發現認錯了，繼續笑笑。然後，他就拿著兩杯酒過來了。

「第一次來？」他說。

「對，第一次。」我回。

「那麼……」他還想進一步認識，我身後三個大男孩就竄出來了。

「你想對我們大姊頭做什麼？」三人一同露出狠厲的眼神。

男人瞬間退開，我覺得有些可惜，可是他們三個笑容燦爛地看著我，我也忍不住回以微笑。小孩子就是可愛。

「之萍姊姊，妳在這裡等一下，我們要去捕捉獵物了。再有任何異性過來，也請嚴詞拒絕。」格致向我行了個舉手禮。

「目標正在二點鐘方向釣男人，各就各位。」香菇挺直高大的身軀，活動十指關節。

我往他們的視線看去，只見吧台上坐了一男一女，男方背對我們，而女方是個四肢十分纖長的漂亮女孩，留著一頭直長髮，臉蛋畫著濃妝，眼睛、兩頰和嘴唇都抹上極深的顏色，有些破壞了她五官的美感。

阿夕學校有三大美人，美女團三人恰恰好是從小一起長大的好友——花花公主、龐大魔女，還有這一位。

「岳琳月！」小草他們群擁而上，三面包夾竹竿美人。

花花喚作「琳琳」的好朋友，頓時花容失色，細跟涼鞋慌慌張張從高腳椅上跳下來，急忙往舞池的人群溜去。

「妖女，哪裡逃！」三人也擠進人群內，我在外圍聽到尖叫聲、哭喊聲和嬌媚的「不要抓那裡啦」，弄得一團混亂。

過了差不多半小時，店裡像熊一般的保全們架著香菇、拎著另外三個小朋友到我面前。我哈著腰，連聲道歉。

我與剛才的店經理交涉了一下，他就帶我們到貴賓包廂，還準備了五杯健康純果汁，給我們這群大嬸、小朋友慢慢聊。

「之萍姊，妳做了什麼？」小草他們指指我，又指向離開的店經理。

「請他賞我個面子。」

「就這樣？」

「就這樣。」和不同的人說著不同的話語，讓我覺得活著總是很有意思。

「太可怕了，如此驚人的交際天賦。突然能明白陛下爲什麼採取緊迫盯人的手段。」

我笑著揮揮手，教他們別再開阿姨玩笑，轉頭看向小美女。

「琳琳，不好意思，請問妳知道花花和阿夕的下落嗎？」

「誰是琳琳！琳琳是妳能叫的嗎！老女人！」小美女強烈抗拒，我就算試著去摸她的頭，她還是不減敵意。

「妳知道妳在對誰說話嗎？」小草拍桌而起，琳琳也毫不客氣地起身，把臉惡狠狠貼上去。

「除了林今夕，這世上沒有人有資格凶我。你怎麼這麼閒呢？公會的廁所全掃乾淨了嗎？小雜工！」

琳琳吐了吐舌頭，下一秒就被小草掐住脖子，格致和香菇攔也攔不住。

「我兼了三份差才籌到學費，看到妳這種千金小姐四處釣男人就是很不爽！格致你別拉我，你也是！阿古，你有要給爸媽生活費嗎！連陛下都有之萍姊照顧，太不公平了！」

平常看小草纖纖弱弱，發起飆來兩個男人還制止不了。

「素心，要是你來我家當兒子，我也願意養你喔！」我幫忙勸說，幸好效果不錯，小草又坐回我身旁的位子，情緒安定下來。

「葉子，我知道你想幹嘛，就算感動得很想抱一下，但那是陛下的，碰不得。」香菇提醒一聲，小草看了我一眼，失落地垂下頭。

「誰教你跟閻羅不好。他對你們的攻訐逆來順受，可不代表不記恨。」琳琳看著自己藍色的手指甲，又一副什麼事都漫不經心的模樣。

「可是格致……」小草看看左邊的友人。

「當初那事，我冒著被陛下對半折的風險，幫阿判說了三句話。」格致翩翩一笑。

「那阿古……」

「我也勸了一句。」香菇輕咳一聲。

「你們太過分了，我們不是同一國嗎？」小草非常難過。

「先不管舊恨。岳小姐，陛下出事了，妳毫不知情嗎？」格致拿出公事公辦的態度。

琳琳倚著沙發，然後蹺起腳來。

「我對王位沒興趣，你們去爭。」

「誰跟妳說這個！」

「我們不是神聖的天界，你們就不用裝了，誰不想當王？否則林今夕何必時時刻刻防著你們？」琳琳和小草他們相熟的程度，遠超出我的想像。在花花的口中，她一直是個不太說話、什麼都讓著她們的文靜好朋友。

這句話似乎刺入小草他們的心臟，好一會都說不出話。

「那妳對什麼有興趣呢？」我希望有事好商量，至少達到讓人想要商量的地步。

琳琳朝我呶起嘴，有一種介於成熟和青春之間的朦朧魅力。

「我跟妳沒什麼好談，討厭鬼！」

「龐心綺還好嗎？」

「三天前不見了，妳滿意了吧？」

阿姨我怎麼會滿意？這聽起來總不會是好事。

琳琳的眼神有些飄忽不定，她不喜歡我，也和小草他們有過節，就算知道什麼也不願意說。

「妳知道她或是花花去哪兒了嗎？」

「都說不知道了，妳煩不煩啊！」琳琳對我好凶，我到底得罪過她什麼？

「之萍姊，請別放在心上。對一個轉世成女人就是爲了誘拐陛下的老鬼，妳不需要多說什麼。」小草展開反擊，琳琳的表情猙獰起來，像被踩到尾巴的貓。

「妳也喜歡阿夕啊？」我家寶貝的魅力眞是沒話說。

琳琳那張過於粉飾的臉，一下子刷起小番茄成熟的顏色。

「誰喜歡他了！」琳琳放聲尖叫，尾音還破音了。「我又不是夏格致那個被虐狂，也沒有葉素心那種愚昧的仰慕，我是正常人！難得能到人世放鬆一下，偏偏又遇到那個殺千刀的，我美好的人生全毀在林今夕手上！」

「我也是正常人。」香菇有感而發，被兩個友人各瞪一眼。

格致彈彈手指，和小草一人一邊壓制住琳琳，再從她提包裡挖出紫羅蘭色調的皮夾，扔到我手上。

我看著琳琳一個弱女人在面前掙扎，大叫「不要看、不准看」，我打從心底同情她的處境，默哀三秒，然後興奮地把皮夾的金屬釦子打開。

裡面放著一張合照，穿著百花洋裝的花花挽著林今夕的右手，一身黑白套裝的龐心綺搭在林今夕的左肩，而打扮偏向休閒風的琳琳踮腳環住阿夕的脖子。照片中陽光燦爛，景色、人兒兩明媚。

啊，後宮……不是，花心是不好的，小朋友不可以學。在這個不能娶小老婆的時代，我兒子一次佔了三顆美人芳心，而他能握住的只有一雙手，拍了這張相片之後就不再那麼美好了。

「還來！」琳琳掙脫出男生們的魔爪，急忙想要回她的寶貝皮夾。

這時，人的劣根性就冒出來了。我對她奸笑，把東西移開又收起來，她好不容易抓到，一個年輕小妞兩隻手卻搶不贏我一隻手，熊寶貝還從我背後鑽出來，爪子抓著皮夾的另一邊，要幫他媽咪助陣。

我放手，讓小美人和熊寶貝單挑。

第一局，熊熊取得優勢，把有阿夕爸爸相片的皮夾攬進了綿軟的懷中。

可是，接下來臉紅脖子粗的琳琳拚了命地拉近皮夾與她之間的距離。

然而，熊熊不是一般的熊，是曾和兔子小七玩拔河遊戲的熊仔，一鼓作氣，喝啊，熊寶貝成功奪得阿夕的照片，轉過身向我邀功。

可是小熊沒算到一點，他長得是這麼毛茸茸又無攻擊性，任何人都能突襲他毫無防備的後背——把整隻熊抓起來。

「小殿下！」小草他們驚叫，而琳琳冷眼望著助紂為虐、搶她私人財產的熊。

熊寶貝緊張地望著擦了紫色眼影的姊姊，琳琳僵持一會，終究還是忍不住把小熊往懷裡抱。

「好可愛……」琳琳認輸說道。怎麼說都是女孩子，無法抗拒絨布娃娃。

通常看到小女生這麼喜歡，我都習慣說：「送妳，小甜心！」但小熊畢竟是我兒子，他又一直向我揮爪子求救，總不能見死不救，而且要是阿夕知道我隨便把熊送人會抓狂。我只能向琳琳討回小笨熊，可是琳琳卻深深地把腦袋壓在熊寶貝頸窩。

「長得好像你媽媽，茵茵小時候也好可愛。」她這麼說的時候，有種快要掉淚的感覺，但看向小草他們，又露出冷漠敵視的神情。「哼，好在不像生父。」

三人之中，格致垂下眼，不見平時世家公子的氣勢。

他們和阿夕一樣，還是不到二十歲的小毛頭，何必把事情搞得那麼複雜和沉重。

我拍拍手，打破這突來的沉默。熊寶貝聽從媽媽召喚，從琳琳臂彎跳到我懷裡，正中紅心，毫髮無傷，飛高高玩久了，特技訓練有成，等阿夕回來再跟他炫耀。

琳琳看起來好惋惜。

「從實招來才有熊玩！」我站起身，林媽媽決定召開公審會。

「威武——」小草他們負責配音。

「如果妳一直在圈子外觀望，要是真發生什麼，就算妳改變主意想伸手救，也太遠了，來不及了。妳是花花的好朋友，真能坐視不管嗎？」

「我是茵茵的玩伴。」琳琳揉著眼皮，讓紫色眼影糊成被家暴過的瘀青。「也是心綺的姊妹淘，我幫誰都不公平。」

「妳想想自己的身分，說這種話未免太可笑了。」小草凝視著琳琳熊貓。

「可笑的是你們，一點也不明白自己爲什麼站在這裡。我已經忍很久了，你們自以爲聰明地搶著聚集到他身邊，根本不懂他要什麼。林今夕當你們只是一起玩樂團的好友，你們卻這樣對他。你們要是被恨上心，也不要怨誰。」

「什麼意思？」小草怔怔眨了下眼。「我一心一意都是爲了陛下。在妳盡情玩樂的時候，我一直在找他，不敢有一絲懈怠，妳竟然說我在害他？」

「對一個統治者來說，你這種傢伙，除了打打雜，一點益處也沒有。」琳琳抿出一抹冷笑。

「冷靜點，在外面不好說話。」香菇適時過來拉開兩人，不然這場面眞的會打起來。

我看了一下錶，時間不早了，我向火爆的兩人和香菇招手，也叫來蹲在地上和熊寶貝默默對看的格致。

「暑假嘛，爸爸媽媽會不會罵人？」雖然他們都十八歲了，我不會因爲拐騙未成年少年少女入獄，但還是得先確認一下。

「我們本來就打算熬夜練唱。」男孩們表示家長同意。

「茵和綺都不在……不對，我幹嘛回答妳？」

琳琳在那瞬間所流露出的落寞神情，讓我決定要把她撿回家養。

我們先去全天營業的超市買了私人盥洗用具，琳琳從頭到尾都不理人，但只要熊寶貝回頭去拉她的涼鞋帶，她就會抱起熊、加緊腳步跟上來。

□

回到家，不得不說，我家晚上從來沒有這麼熱鬧過。

三個男孩子都說要睡阿夕房間，琳琳冷冷指了小七那間房，而我去廚房弄宵夜，很好吃的林媽媽愛心宵夜。

「哇，不愧是太后，泡麵泡得眞美味。」小草他們大力讚賞，我甚至以爲自己得過特級廚師臂章。

我把最後一碗端到兔子房間，琳琳穿著阿夕的襯衫，垂著濕漉漉的長髮，正在看皮夾裡那張照片，看得出神，直到我去她面前打響指，她才驚覺。

「妳家好小。」

「將就點吧，我的大小姐。」我笑嘻嘻把食物往桌上端，她往我身後看看有沒有熊，可惜熊寶貝和小草他們在阿夕房間玩著。「妳們三個住在一起，都是誰在做菜？」

琳琳毫不猶豫比出「零」的手勢，起身去吃她那碗愛心速食麵。

「不擔心嫁不出去嗎？」

「我們長得那麼漂亮，哪個男人不想要？」琳琳朝我輕睨一眼，還真是風情萬種，大嬸骨頭都快酥了。「不過要是半夜真的餓到不行，心綺會去煮白飯，我們拌肉醬罐頭吃。」

「真的嗎？」我對「龐」姓實在成見太深，只當龐心綺是個魔女。

「當人真的很好，可以吃很多好吃的東西，熱的，而且是身邊的人煮給妳的，跟供品的味道完全不同。」琳琳捧著泡麵微笑，又低頭喝湯，咬到蛋花還發出感動的低呼聲。

看她這樣，我突然後悔沒跟阿夕學幾招廚藝。

「那張照片是什麼時候拍的？」

「去年秋天，林今夕配合得很，我們玩得很開心。」琳琳吃麵的動作停了下來。「只不過拍完照，綺跟茵就吵架了。」

「好好的，怎麼啦？」我光看就知道拍照的那瞬間是多美好，令人忍不住想挽留。

「心綺討厭茵茵把林今夕的手抱得那麼緊，可是那時候，他們兩個已經是男女朋友了。心綺認為茵茵搶了應該會喜歡上她的林今夕，便以為自己也能從茵茵手上搶回來。她自始至終都以為林今夕該是她的，就像過去每一次要茵茵讓她一樣。本來茵一直都是讓著綺，但唯獨林今夕她不願意鬆手。要是沒有他，我們三個就不會變成現在這樣了！」

她說得很急，沒辦法從那團快要崩毀的關係中抽身。「喜歡」那份心情曾讓她們這麼快樂，卻也因此互相傷害。

「妳也喜歡他吧？」我想做個補充。

「住口！」

「是。」請原諒中年婦女的八卦。

「他天生無血無淚，我沒奢望過。」

「阿夕絕不是無情的人。」我這個老母願意用頭保證。

「妳不知道，妳什麼都不知道，不要再自以為是說著天打雷劈的話。那是他一點一滴學來的，就為了討妳歡心，而妳卻把它視為當然。」

阿夕真的是個很好的孩子，我大部分的時候都記得，也不敢不珍惜。

「林今夕每次跟我們出門，買的每一件東西都是給妳，下雨只記得要替妳送傘，起風也只擔心妳穿得夠不夠暖，茵茵總是排在他關懷的第二順位。我很早就意識到他跟茵茵不對勁，沒想到是妳這個最不該的女人從中作梗。」

「因為我不太會照顧自己……」我乾笑道。

「我也很希望他能多關心我一、兩句話呀，可是求了幾千年什麼也沒有！妳這個暴殄天物的傢伙，到底把他當作什麼？」

琳琳那雙黑幽幽的眼珠直望著我，好像要望進我心頭自己也看不到的最深處，令人悚慄。

「他不是個溫柔的人，卻對妳百般溫柔。我問妳，妳真的不動心嗎？」

林之萍經歷過無數次大風大浪，也不得不承認這真是波濤洶湧、驚濤駭浪。我能感覺腦細胞正在努力修復小琳琳帶來的衝擊，這種時候千萬不可大意，要是笑著拍拍她的肩，說「喲呵呵，妳這小丫頭在說些什麼傻話」，我有預感一定會被掐死。

我想了千百個提案都被大腦中樞駁回，眼睛眨個不停，等到琳琳耐性磨光，阿姨我才深吸口氣，面對越來越大膽的現代年輕人。

「我也很愛今夕，愛到心坎裡呢！」這是身為媽咪的回答，相信林今夕本人聽了也會滿意非常。

琳琳卻用一種電影裡殺人魔的眼神凝視著我，讓大嬸冷汗直流。

「小琳吶，阿夕是我兒子。」

「大家都知道。」琳琳冷漠得像是大地震後的死寂，好可怕。

「我今年三十九歲了，是個三天不洗澡腋下就會發出異味的歐巴桑。」大半夜的不睡覺，跟一個大嬸說這些沒營養的，是幹啥呀？

「任何人在台灣這個潮濕高溫的環境下三天不洗澡都會發臭。」

哇啊啊，她完全不打算讓我糊弄過去，緊迫盯人。

「妳還餓不餓？阿姨去削水果。」我陪笑，她竟然一惱怒就伸手扯我臉皮，痛痛痛。

「我只是問妳喜不喜歡他！」

這聽起來實在單純，但越單純的問題，越是難以回答。

「如果我跟妳們一樣大，可能會吧？」我看看自己的腳趾，一二三八九，數了兩遍。

「這世上沒有如果。」

我知道，但如果我再年輕個二十歲，就沒有機會把他帶離那個黑暗血腥的墓穴，也就沒辦法拉拔阿夕長大，我和他就失去這個家了。

曾有個晚上，阿夕打電話來，說他在公司附近，電話那一端有花花她們的笑聲，感覺不錯。我明白兒子在暗示什麼，不過有時間的話，能和喜歡的女孩子多培養一點感情，不是很好嗎？

我告訴寶貝，媽媽在應酬，這裡很熱鬧，我會很晚回去。

阿夕沉默一會，斷了通訊。那天老王到外地出公差，董事長沒緣沒故衝到辦公室來，給我呼了兩巴掌，我實在太害怕了，連反擊都不敢，連帶嚇傻外面的同事。董事長走後，大家都走了之後，我才躲到廁所哭。

阿夕卻打了那通電話過來，我得繃仕全身神經，咬緊牙才能忍著不說——

今夕，來接我，快來接我回家……

可是他已經長大了，而我也該長大了。

琳琳用力拍了我的頭，要我回神，而我回敲她的肩膀，臉上堆滿慈祥的笑容。

「現在我家阿夕是自由之身，與其繞著他太孝順這點打轉，還不如拚了。花花很好，妳也很不錯呀！」

琳琳面無表情地把空碗塞到我懷裡，一路把我推出房門外。

她厭惡地看著我說：

「虛僞。」

二

和琳琳談完，我茫茫然走到阿夕的房間，這邊幾乎是另一個天地，阿夕所有的樂譜和音樂光碟全被整齊地堆疊在地板上見光，小草他們還一人一口吃著阿夕當宵夜的半罐蘇打餅乾，玩得很開心。

「今夕會殺人喔！」我勸說著，實際上自己也幹過類似的事。

「格致有事先拍照存證，我們調查完再還原。」小草握拳，朝我頷首保證。「出事了再把格致推出去。」

「喂。」格致盤坐在地上，用手機一件件紀錄起阿夕的收藏。

熊寶貝從床板底下拖出一袋用不透明夾鏈袋仔細封好的神祕物件，三人一起爲他們的熊王儲歡呼，香菇還特地爲小熊服務一次搖高高遊戲。

雖然熊寶貝總是阿夕在帶，但腦袋卻比較像小七，呆呆傻傻，被拐了還幫人數鈔票。身爲媽咪，理應指正什麼，但我又好想知道阿夕回來會不會打小熊屁屁。

小草急切地打開袋子，眉頭一皺，他戴著手套，小心把裡頭的銀飾拿起來，慎重觀察起阿夕的私房寶貝。

「爲什麼會有血？這難道是殺人證據！」小草驚叫道，阿夕房間一時陷入驚悚片的氣氛。

「那個男人到死終於明白，『牡丹花下死，做鬼千刀萬剮』的道理。」香菇捻著佛珠，唸了聲法號。

是說，那個男人到底是誰啊？

「話說回來，今夕陛下是會把證物放在自己床底的人嗎？」格致比出食指，提出反向的意見。

「我當然是開玩笑的，這鏽蝕的程度可不是短短數年能夠造成。」小草可愛地聳了下肩。「之萍姊，那個男人其實是妳殺的吧？」

「對不起，我根本沒料到事情會變成那樣，等我清醒過來，他就倒在那裡……哎呀，別玩了，我家沒發生凶殺案，出過人命的牧場養不活純白的兔子。」

他們一同發出認同的低叫，那表情誠懇到讓我以爲他們剛才「那個男人」的假設並不是說說而已。

「那些東西可能是阿夕之前的家人留給他的。」我記得當時小小夕脖子上是有一條銀項鍊，但不知道阿夕有把它留下來。

三人對看一陣，然後小草囁嚅提問阿夕遭遇過什麼，不然好好一個貴重的首飾怎麼會變成這副德性。

我也不知道，要是讓我知道是誰幹的，我一定提菜刀宰了那些人。

「之萍姊，大約十七到二十年前，妳聽說過『鬼子』的流言嗎？」小草說，我點點頭，那時候我剛好在唸大學，與最好的朋友一起被捲進的事端就有包含「鬼子」這兩個字，最後差點登上頭條新聞，在報導死者的那一欄。

「那真是慘無人道，抓處女去生孕，再把嬰兒挖出來，妄想藉此得到冥世的力量。」香菇緊抓著手中的念珠。

「這消息也不全是空穴來風，的確符合我們轉生的時間。」格致的神情一時間令人膽顫。「我們之中，出了叛徒。」

「怕就怕在同樣的事捲土重來，陛下就像翅膀受傷的蝶，而我們也不過是旁邊肥美的蟲子，真被螻蟻盯上，我們連魂也不會剩下來，更別說回去冥土。」香菇憂心忡忡，有種虎落平陽的意味。

「我那個不學無術的老爸說，公會也派出一隊人馬去找鬼嬰，裡頭有些人並不是那麼正道，我會再查清相關的嫌疑者。公會發展至今，組織太龐雜了，素質和過去無法相比，連小便斗也瞄不準。」小草把他的切身之痛娓娓道來。「只有張氏一脈苦撐是不夠的，一點白在一群黑裡頭，總有一天也會跟著墮落。」

「想當初這區區一座小島，竟然差點動了三界的根基，天師、陸家和白派，早該沒落的仙道信仰卻蓬勃發展起來，尤其是白派，硬是讓他們養出一尊眞神。」

「那眞的很不簡單，我們也忍不住佩服他們死板的信念。每一個來報到的白派弟子，掛念的都是『小師弟』。阿判本來把他們判成同戶人家的孩子，他們卻都自願化作陰間的塵土，不轉世也不超生，就是爲了不讓白仙對塵世有絲毫留戀。」

「本來白仙死了，閻羅還想壞心眼告訴他這個祕密，不過看那孩子從尊貴不凡的天上跳下陰間就是爲了找他的師父、師兄，希望下一世還能一起在人間生活，當一家人。難得我們十殿一致認爲，這門派實在太愚蠢了。」

「怎麼會愚蠢？人不都是這樣？」我沒辦法保持中立不出聲。總是想把最好的東西留給最愛的人，自以爲這麼待他最好，不管這是不是他最需要的東西。

有隻小兔子跑到黑暗山谷裡，就是爲了尋找兔子老爹和兔子哥哥們，他找呀找的，都找不到，只好孤伶伶回到水草充沛的草原上。兔子老爹和兔子哥哥們以爲美麗的大草原是最適合小兔子居住的環境，他們卻不知道這隻兔子很好養，阿夕放在桌上要回收的廚餘也被他以爲是冷盤而吃光光。

但是若放他一隻兔子過活，讓小七只有一個人的話，那就太孤單了，孤獨的小兔子怎麼可能快活得起來？

「抱歉，之萍姊，我們不太明白人們的想法，希望妳能多擔待。」香菇雙手伏在地板，朝我低身禮，小草和格致也帶著歉意。雖然對小七的確有些過分，但這就是他們眞正的看法，也不用特意隱瞞，把自己包裝成慈悲爲懷的大善人。

「沒什麼。你們年輕人嘛，等活到三十九歲再有所體悟也不遲。」經歷過滄海桑田，少女也會有變人嬸的一天，我的智慧、見識和胸懷本來就比他們多了幾塊。對吧，小七？

……嗚嗚嗚，沒有兔子吐我嘈，媽媽好不習慣。

「我們不會待太久，時間有限。」格致回以一笑，大嬸我瞬間從哀傷小白兔的心情中驚醒過來。

小草和香菇緊摀住鴿子友人的嘴，陪笑，我也跟著笑，我們一群人都笑個不停。

「什麼意思？是成年離家遠飛的比喻？還是要去國外巡迴演唱？你口中的『我們』包含了阿夕吧？」我一邊哈哈一邊燦爛問著。

很久以前，某個算命仙說過，我兒子是大貴之人，但短命相，他的富貴不屬於人間，活不過十九歲。

「陛下都說過別看她好糊弄，精明的時候比鬼還精，你還亂說！你就不怕林今夕眞的把你對半折嗎？」小草扭著格致的頭，熊寶貝去勸架，被香菇抱走。

「早就被折過幾百次了，我從來沒屈服於陛下的淫威。」格致說著大無畏的話，但聲音抖個不停。「這是我的職業病，身為諫官，我沒有辦法不提醒她啊！」

「阿致，永別了。」香菇為友人誦了一段佛經。

「你先死了，誰來替我們擋刀？」小草不住悲傷。「之萍姊，請妳有聽到當沒聽到，他亂說的，陛下不可能扔下妳，不論他是什麼。」

「葉子，你知道你在說什麼嗎？」格致怪笑兩聲。

「我在幫你說話，把你那張嘴捂緊一點。」小草瞪過一眼，再誠懇望向我。「雖然真正的他有點可怕，比現在還可怕，非常可怕，但妳一定能接納他，對吧？」

我看得出來，小草真的很喜歡阿夕，不希望誰來傷了他。

「很晚了呢。」我說，把嗓音放得更輕柔些。

小草還在等我回答，一臉倔強，被格致往後拉。

「你們快睡吧，阿姨也先去休息了。」我強制結束今夜所有的議題，走去香菇那邊，想討回小熊。香菇朝我展露空空如也的雙臂說，熊寶貝已經早一步窩到我床上去了。

我關上阿夕的房門，呼了口長息，回到自己房間。可是沒有熊啊，連床頭上小七做的紙黏土兔子也不見了。

我到客廳，打開角落的小燈。熊寶貝就坐在玄關和客廳地板之間的階層，抱著黏土小兔子等門。

他還不明白，為什麼阿夕爸爸和小七哥哥還沒回家，一如往常揉著他的腦袋瓜。

我不知道該怎麼安慰，因為我也不知道為什麼我都回來了，阿夕和小七卻還不回來。

這時候，我聽見後面傳來哄小孩的話語，年輕而生澀。

「小傢伙，來叔叔這裡。」格致往前走到我附近的距離，蹲下來和熊寶貝平高，輕拍雙手。「跟小叔叔一起去睡覺覺好不好？」

格致那動作一整個僵硬彆扭，害熊寶貝緊抱著小兔子，跟著他一起戰戰兢兢。我覺得好笑，然後不小心笑了出來。

「小熊，快來給媽媽抱抱！」我只是略彎下腰，熊寶貝就直撲而來。我把他往天花板抬去，母子倆順勢轉了兩圈。

格致在一旁挫敗蹲著，我跟他說這需要一點天分和後天學習。

「怎麼會？連林今夕都做得那麼上手。」

他的意思是說，阿夕那麼暴虐無道的傢伙，也讓熊寶貝服服貼貼，為什麼他就是做不來？

「放輕鬆，自然點。而且這孩子是阿夕懷胎七天生的，他當然和『親生媽媽』比較親。」我抱著熊，往沙發一屁股躺下。睡不著的時候，就是要玩兒子舒壓。

格致觀望一陣後，決定坐到我對面的沙發。平時伶牙俐齒，現在卻不知道該說什麼。他們這群年輕人都很優秀，但總有些地方和阿夕一樣，都異常笨拙。

「之萍姊，可以給我抱嗎？」

看到他這樣小心翼翼請求著，我不免感到辛酸。

「小熊，鴿子叔叔是很喜歡熊的叔叔，你願意給他抱嗎？」

熊寶貝猶豫一陣，才爬下我這邊的沙發，爬上格致所在的沙發。

小熊不管腦筋和個性都像小七，好在在這個家裡光憑「可愛」就能彌補一切。

「小致，熊寶貝喜歡聽故事，不覺得累的話，你可以說你最喜歡的故事給他聽。」

其實是我喜歡聽，大娘最喜歡聽故事了。每每覺得無聊，小七就會被我拗來床邊說故事，有他的師父師兄、有他行走江湖的經歷、有華美的天上世界，每個故事都很美好。

阿夕偶爾會過來一起聽，但他不會說。他說，他沒有美好的過往，不值一提。

格致想了很久才開口。他說，在一個離人間很遠很遠的地方，有個國度，叫作「幽冥之國」……

那裡無邊無際，視線所及全是黑暗，伸手所觸也盡是黑暗。太陽不會來臨，十五也沒有檸檬黃的月亮，想要看一眼辰星，還得潛入那裡最大的一條河——忘川水，到最深處的黑暗裡找世間外的光芒。

那裡所有的人……抱歉，應該說是鬼。那個死氣沉沉的地方，不知不覺聚集了適合這環境的陰魂，來了一批又走了一批。雖然有著冥土之稱，但沒有鬼想把它當成家園，享受過日光的人即便死後，還是懷念光明的生活。

而很久很久以前，有個年輕人，在人世蒙受冤獄，因爲耿介不屈，極刑而死。死時雙眼毒瞎、十指盡碎，舌頭和指甲都被拔斷了。在某些時代，人類對同類的狠毒，遠遠超過十八層地獄。而且地獄懲治惡人，人類卻不分對象，尤其是偏愛堅持良善的一方。

因爲來到人世的鬼很多，閻王只是照著因果簿給了年輕人制式的回答——

都是你前世做了某某某，你這世才會遭受某某某。好了，帶下去。

那隻很慘的鬼卻傻傻地對閻王拚了命磕頭，無法咬字的口腔不斷發出同樣的聲響，他以爲他的冤屈到死後會像世間宗教家說的，有正直的鬼官爲他昭雪。

「大人……我是冤枉的……我是冤枉的……」

那隻鬼被拖行到奈何橋旁，由於怨氣太重，過不了橋，沒法子投胎。

他一個斷手斷腳的幽魂擱在橋旁實在不怎麼好看，輾轉上報到各個大官，也沒有大鬼理會這麼一個無足輕重的小鬼。幾個十年過去了，造孽的閻王總算被推出來收拾善後，修復他的魂魄，讓他至少能當個最下等的鬼奴，做些粗活好過礙人眼目。也因爲如此，他失去輪迴的機會，永遠無法轉生爲人。

直到某日，君王巡行，見到一大群鬼卒洗刷黏在劍山上的皮肉，每個都像傀儡，臉上死白一片，沒有任何表情。然而有個傢伙特別不一樣，賣力洗著惡臭的屍骸，就像想把地獄刷成白色那麼勤快。這就是那隻冤鬼。

地獄的君主來到鬼卒面前，問他爲何能做著永無止盡的工作而不心生絕望，那隻鬼不卑不亢地回答：就是因爲您，陛下。

人世的帝王不在乎奴僕的死活，可是他這麼一個奴隸卻能聽見陛下撫慰亡魂的歌聲，讓他覺得一直這麼過下去也不算太壞。

那絕不是第一隻認爲鬼王曲子好聽的鬼，但卻是第一隻由衷說出口的鬼。

而後，那隻鬼被帶到鬼王的宮殿裡，留了一宿。

閻羅知道了這件事，就把那低賤的鬼卒升作文官。那隻鬼不知道這只是閻王的媚主手段，以爲閻王待他不一般，連救了他兩次，把閻羅當成再生父母，一心一意要爲他分擔辛勞，不敢有半絲懈怠。

幾個百年過去，鬼差來來往往，舊的文官都走了，新的也不再來，閻羅殿就這麼剩他一個判官。

那隻鬼生前讀了不少書，把人世那套仁義禮智信搬上來實行，用他的標準仲裁靈魂的善惡。甚至有惡人在審判過後，自動往地獄裡跳，願受責罰。鬼王總稱說閻羅最公正，殊不知那都是他下屬的功勞。

那隻鬼因爲死得太慘，所以懷抱的夢特別大。以爲他一直努力下去，人世冥世，好人皆有善報，冤屈得蒙昭雪，世間再也不會有人像他一樣，到死都不得瞑目。

漸漸地，他的做法和嚴厲的王法衝突起來。在那個判官想法裡有「情有可原」，可王法只有「法」一個字。還須奉養雙親的孝子屢屢被放回人世，有時甚至爲了亡魂的遺願修改生死簿。

判官事後因怠忽公務被處以杖刑，但沒什麼用，看他生前被打斷手腳也不吭半聲就知道他骨頭有多硬。他就是和天界那些傢伙一樣，喜歡好人。

幾個大官開始威脅他縱容私情會影響兩界運作，沒想到那個判官不只記性好，就連數學和邏輯也很好，總能把他的判決修成規定的數字，報告書總抓不到他的把柄。

加上閻羅也護著他，讓他更加爲所欲爲。

可是人世變化總不是鬼界所能想像，酆都沒有了，人不信鬼，枉論尊敬。沒有人要當吃虧的好人，因爲過去的聖賢全是自私的帝王吹捧出來的，那些眞理全是錯誤，但也沒有人找得出正確的。

而有件事，自古就有，往往是出於種種逼不得已，因此大多數會受到供養。而鬼國的鬼不會生育，無法了解生母的苦處，也就不會多加責難。

但近代以來，黃泉路上卻堆著無數的胎兒，得要時時派人清理，路過的鬼才不致於被臍帶絆倒。

被墮下的胎兒身體還未成形，魂也未全，就算包在一起拿去煉獄燒掉，它們也不會多哭一聲。

閻羅殿開始著手處理這個問題。閻王和他的鬼判官巡行時，收集団魂的垃圾車剛來，照慣例把屍塊鏟起就往車上扔。其中有個比較完整的胎兒恰巧被甩到兩隻大鬼腳邊，判官彎下腰，用掐出血的手掌把孩子抱起來。

閻羅暗叫不妙，說：「轉生沒有它的名額，你把它放下吧？」

判官沒有放手，直挺挺跪下來，求閻王開恩。

閻羅不想冒著被君王嚴懲的風險，不願意出手。判官只能抱著那個孩子，十殿冥王，一殿一殿跪上去，最後到了陛下階前，磕破額頭，濺出一灘灘血花。

過去的鬼王興許看到判官的決心就會准了，可是那時候的鬼王已經連曲子都不唱，不再把人類放在眼裡了。

「陛下，請您不要那麼殘忍……」

判官悲泣請求，撼動冥界孤魂野鬼，一時鬼哭四野，徹底激怒了鬼之王。

閻王不得已，一殿一殿求過去，希望能讓他的判官免責。他比任何一殿的冥王都還早明白，像這樣倔強又好利用的靈魂，實在太難得了；人世的人再多，也找不到第二個了。白仙固然強大，但在這個神隱去的國度，需要的只是燭光，容得下黑暗也照得亮前行的路，這樣就足夠了。

可是終究那隻傻鬼和那孩子都沒有好下場。

格致幽沉的聲音靜下之後，熊寶貝已經在他臂彎裡睡得跟什麼似地，絲毫沒發現這故事和自己不幸的出身有何關聯。而我臥坐在沙發上，全身麻木，不知道是不是更年期快到了，血液循環不好。

「讓人感動……」我的喉嚨也像電過一樣，沒法長篇大論。

「感動？」格致低睨我一眼，這時他的眼珠格外地黑，電燈照下的光全不見了。

「那個判官很了不起。」

單單被社會洗禮個五年，人的稜角再尖，也差不多變成鵝卵石了。在那種強硬的政府機關工作了幾百年，那傢伙頭上的角竟然還越磨越硬。

「是呀，到人世才發現他有多稀奇。」格致像平常那樣，風度翩翩笑了，眼珠子又回到人的眼睛。「可是就因爲他，讓鬼國的皇帝顯得更加殘暴。」

格致所說的鬼王，或許獨裁乖僻，但我聽不出來哪裡暴虐。沒有把那隻死脾氣鬼拿去炸油鍋，咔滋咔滋吃掉；也沒有剝光忤逆他的臣下，然後嘿嘿嘿；或者格致沒有發現他心裡頭其實不願意指責他陛下半分不是。

「他是為了公平吧？畢竟有那麼多嬰孩，怎能只救一個？」我想了想後說道。

「是啊、是啊！」格致的反應有些激動，直望著我。「陛下已經決意不久的將來，要切斷人世和陰間的連結，就算把它們送回人間，它們沒有前世，註定一輩子都沒有緣分，到死只會感到人情涼薄。」

「但他沒有把他的考量告訴別人吧？」無法彼此理解是相當可怕的事，往往會造成無法彌補的大錯。

「阿判那種資深鬼差，怎會不明白？」

「不能這麼說，以他的立場，就算明白也要不明白。」

想當初爺爺生病，我也是三跪九叩去請神棍救人，額頭才磕破一點皮就痛得哇哇大叫。那到底要有多深的悲痛才會撞破頭顱、血濺三尺？

「寶寶是他最優先保護的對象，沒有任何理由能犧牲他懷裡的孩子。」

格致微垂下眼，體悟之後，那股無奈就更沉重了：「原來如此。如果有誰能來緩解雙方的隔閡，就不會落得這步田地；如果妳在陛下身邊就好了。」

「怎麼？當鬼皇后嗎？」我笑道，希望能讓氣氛明亮回來，卻換來恐怖沉默。

格致發抖的食指指著我，咬著打顫的牙關，我都看到他牙齦上的青筋，他深呼吸上上下下好一會，我都快以為他氣喘病發，才把喉嚨裡的話忍下去。

「你還沒說那個判官怎麼了？」我想聽後續。

「之後，阿判被判死罪，閻羅很不諒解。」

「沒法子補救嗎？」我不免遺憾，如果能挽回什麼就好了。

「試過很多方法，但他是鬼卒，陛下是尊貴的鬼王，不會為他易轍。除非，閻羅自立為帝。」格致一臉肅穆，提出一個未必不會發生的糟糕可能。

「阿致，你是不是很討厭閻王？」

「非常討厭。要我去輔佐那個圓滑的傢伙，我就引忘川水灌爆他的閻羅殿！」

呵呵，真像小孩子。

「可是你故事裡的閻王也不認同判官的做法，就算他變成最高權力者，那個判官還是非死不可。」

對面的年輕人困惑皺起眉，大概想解釋長年一起工作的閻王和判官關係非比一般，但上對下的矛盾不會因為換了老闆就會消失，到頭來，那份堅持的理念也只會和堅持的人兒一起陪葬。

「那就真的沒辦法救他了。」格致重重嘆了口氣，偏過身子，就要休息。

我趕緊叫住他，有件事就算會碰上傷口，還是得問清楚。

「鴿子哥哥——」

「啥事呀？太后娘娘。」不得不說，鴿子一行人深具戲劇細胞，我演什麼，他們就對得出下一幕。

「你喜歡花花吧？」昨晚琳琳八卦我，凌晨換我八卦別人。

格致看了我一眼，不應聲。

「去試試吧，花花這麼好的女孩子，追到就是你的了。」

他沉默好一會，才鬆口說：「來不及了……」

「阿姨會幫你想辦法，一直逃避也不是辦法。」

格致摸了頭邊的熊兩下。熊寶貝是天生的靠枕，只要偎在他肚子上，很難不睡個好覺，我跟小七都說讚。

「之萍姊，妳很早就猜到了，是吧？」

「沒有，我什麼都不知道。」我這麼說也不算謊話，阿夕瞞著我的事，列一列清單，比阿婆的裹腳布還長。

熊寶貝那時候，阿夕說茵茵出事了，然後他就出事了，之間什麼也沒說。只有一點我是明白的，阿夕不想傷害到小熊，哪怕他嘴上對小七講得多苛刻，但當他能夠選擇，我兒子還是把熊寶貝留下來了。

我就是不懂，怎麼會有人認爲林今夕沒有感情？每個人剖開胸口，心不都是軟的嗎？

「是我去求他，我說：那是我的親骨肉，請你救他，林今夕，請你救他，我的魂魄可以再賣給你一次，請你救他……其實我很明白，是我從人間把他重新推進他厭煩至極的地獄去……之萍姊，對不起……」

我看格致捂著眼角，滿臉疲憊，現在這時候眞的太晚了，他需要休息。

「格致，阿夕很疼小熊喔！」我只知道這個鐵一般的事實，其他的不管。當初阿夕會冒死管事，不只由於花花是他的女朋友，也因爲格致是他劃進圈子裡的哥們，不可能見死不救。

格致的臉埋到熊寶貝的肚皮上，四肢蜷成一團，不時顫抖，那哭聲雖然微弱，卻痛到心坎上。

我蹲下來，撫摸他的臉龐，哄他入眠。他和阿夕一樣大，對我來說，都是個孩子。

「現在最重要的，不就是把阿夕找回來嗎？有你們這些了解他的朋友集思廣益，一定很快就會水落石出。」

「妳說的對，沒有比陛下還重要的事了。」格致那雙眼從臂彎裡顯露出來，淒楚還在，但眼神已經恢復幹練的精明。「之萍姊，妳說妳和陸家有交情，務必把握住。陸家無所不知，只要妳付得出代價。」

□

隔天我掛著嫵媚的黑眼圈上班，出門時，一群孩子都在睡大覺，我去買了五人份的燒餅油條回來，放在餐桌上，加上一張愛心小卡，讓我一時間感悟咱們林家越來越有休閒農場的規模。

「林之萍。」

回到現實世界的祕書辦公室，老王用一張奇臭的臉迎接我。

「包包，你跟小晶睡同一張床嗎？那個傳說中的按摩水床，奴婢好嫉妒惹！」我蓮花指朝王祕書一點，被他折手指，痛痛痛。

「為什麼阿晶和妳通完電話就昏迷不醒？」

他這話一說出來，我瞬間就像被潑了冷水，從背脊骨冷得清醒。

「蘇老師怎麼了？」

老王兩手放在大屁股上面，焦急地走來走去。離正式上班只剩三分鐘，他要在這麼急促的時間把他家小學弟的事交代完畢。

「他昏迷前說要去找妳那個道士兒子。」

眞是太簡潔有力啦，包公志偉。

小晶晶不愧是小七最尊敬的乾爹和最親愛的老師，和兔子一樣，幹蠢事的魄力無人可及。越會傷害自己的事，越是敢放手一搏。雖然他有細框眼鏡，說話溫柔又有不常見的春風微笑，但我還是得批判他那是什麼身教，教壞兔崽人小。

「沒辦法了，只能靠美人吻醒王子。」我悲切地與老王同哀，然後舉手自告奮勇。

而老王竟然殺紅眼揍我，捲著文件夾追著我打，民婦的好意卻被還以家暴，容我哭哭兩聲。

「哪一個故事是胖子吻醒王子？還是兔子吻醒王子？啊，這個不行，太不妥了，小七粉嫩的雙唇是媽咪臉頰專屬！」在我還沒享用到之前，誰都不許碰，我唯一能讓步的只有他的小女朋友、熊寶貝和阿夕哥哥。

「妳不要模糊焦點！」老王勒緊我的領子，看得出來蘇老師出事讓他非常焦慮，黑眼圈都露出來了，滿匹配我今天的造型。

「抱歉，太久沒有見到可愛的小男生，我好飢渴。」好——想——兔——子——

「關於妳兩個兒子，我昨晚沒有找到有效資訊。」

「太遺憾了。」而我從小草他們那邊弄到一點阿夕的消息，雖然模糊不清，但大致有個方向。

「不管他們跑到哪了，一定在人間不是嗎？既然還在世上，我一定找得出來，爲什麼你們都不信任我！」

老王這番話積怨已久，不論是阿晶這個弟弟還是我這個至交，總是把自己的事瞞了又瞞，害他傷透腦筋。

「志偉，我一直都相信你呀，比任何人都願意把自己的心肝剖出來給你，但我還是會拚了命去找他們的下落，不可能把事情全扔給你做；同樣地，我家兔子是蘇老師很看重的學生，他那麼心急，不擇手段也是情有可原。」

老王凝視著我，我右手一攤。將心比心，愛兔及兔，大同世界。

只是這麼一比較起來，我就輸了蘇老師一截，最愛兔子的寶座絕不可以讓給別人，我也要試試旁門左道。

「趁現在只有我們兩人，給我吧，偉偉。」我往老王耳邊吹了口氣，小腹就挨了一拳。

「這裡有公會幾個擅長占卜的名錄，妳雖然沒錢，但很會厚臉皮套交情，去試試總有收穫。」

「你既然知道我在問什麼，幹嘛還打我？」我捂著肚子，好不委屈。

「妳就是欠打。」

「生不出小孩你要怎麼賠我？娶我嗎？」好過分，所以我得裝成受害者傷心兩下。

老王漲紅臉，氣急敗壞，我趕緊溜到辦公桌，用工作當擋箭牌。

「妳本來就不能生……算了！」

老王也跟著就坐，迅速而縝密地裁定大小事。祕書辦公室透明門外就是屬下們的大鍋炒辦公室，要以身作則，他們才會乖乖地崇拜我們。

不過，也常常隔著玻璃門，圍觀我和老王打情罵俏，當天回去，林今夕就會擺臉色給老母看，正所謂有利有弊。

「還有一個更好的師父，只是不容易見到，也不屬於公會。」老王一有點空閒，就是關心林之萍和她的小蘿蔔頭。「他能指明正確的路途，而不是亂槍打鳥，運氣好還會告訴妳解決之道，就像上次來我們公司的那個少年。」

「好有趣呢，要怎麼才能拜訪人家？」我忍不住瞇了下眼。

「錢和權都沒用，要看緣分。」

哎呀，「我們真是有緣」這種事不就是號稱「裝熟魔人」林之萍的長才嗎？

「妳說的對，千萬不能讓妳閒著，要叫妳去做我不屑做的蠢事，妳才不會捅出更大的妻子出來。」

老王傷害到我幼小的心靈，所以有件事我就故意不告訴他。

因爲阿夕的關係，我認識許多公會的法師，他們比常人特別，但對於這個世界許多事還是力有未逮，並沒有常人想像中的全知全能。如果還有人在他們之上，可以把之於他們的棘手問題輕易解開，比特別的人還要特別，那就會成爲「傳說」。

傳說中，那個家族世代單傳，一定生男的，而且百分之百是美少年。曾偶然在水中撈起迷失的魂魄，對受難的女子無法視而不見，我說救命之恩，他說不足掛齒。我還記得那副陳舊的細框眼鏡，笑起來就像個孩子。當我下定決心要倒追的時候，他就再也沒有出現在我面前。

謙謙君子，美人好逑。

下班之後，我對老王說要趕著回去，出公司門卻打電話給小草，跟他說阿姨要去散步，請他們照顧小熊。

小草回：這是當然，小殿下就是我的乾兒子。之萍姊，要下雨了，快點回來喔！

家裡剩小草和琳琳，香菇和格致都得回家向家人報備。

小草的母親改嫁，繼父對他不好，繼兄姊長他幾歲，還會帶人到學校去欺負他。他總會怨嘆爲什麼他媽媽不像我出去工作，他就不用寄人籬下，忍氣吞聲，回神過來又拜託我別告訴阿夕，不然他的陛下一定會認爲他沒有用。

我看過阿夕學校的問卷調查，人氣第一名，不用說，就是林今夕；香菇有一群對肌肉美的死忠粉絲，格致也是榜上有名，而身爲學生會副會長，小草的支持者也是成山成海，但他不覺得有哪裡值得誇耀，都只是沾了阿夕的光。

昨晚琳琳說他百害無一利，他才會異常激動。他大概是覺得被拋棄的父親很沒用，懦弱的母親也沒用，所以自己也一無是處。

我能做的不多，每次見到他多誇他兩句，「太棒了」、「多虧有你」、「陪阿姨吃飯，等一下一起去挑阿夕的禮物」這種家常話多說幾次，讓他多點自信，笑起來才會更好看。

我總會想，這社會不是富足了嗎？爲什麼還是有那麼多好孩子沒有人疼愛呢？我很慶幸能撿到兩個寶貝，但也會想如果時間能重來，我這輩子寧可孤身一人，也希望他們和原生家庭平安順遂，不要受到任何傷害。

雨滴落下，我抽了抽鼻子，看著周遭來來往往的傘面，努力思考兩秒。林某大美人是不是迷路了，這裡是哪裡啊？

這種時候就是要叫阿夕來接我啦，可是，我的心肝寶貝手機一直不通，逼我面對他失聯的事實。

前面一陣騷動，有對情侶包圍一個小男生，我不由分說，趕緊湊上去看熱鬧。那對男女不像一般職業的人，在騎樓打情罵俏的時候，女方不注意踩到小攤販的手工藝品，東西全壞了，小男生要他們賠錢。

應該要賠呀，但高大的男方卻推了小男生一把，小男生往後踉蹌一步，腦袋默默垂下，好不可憐。

「這些爛東西，哪值幾毛錢！要錢，好啊，賞你個五百！」男人舉起巴掌，女人咯咯笑著，而我腦子一熱，衝過去拉住男人的手。

「打小孩，爛雞雞！」這是我爺爺說過最狠的話語，跟我老母、死老頭老師那種教訓不一樣，某些人就是選擇欺負弱小的孺子，一副理所當然。

旁人看我出聲，也跟著制止男人的粗暴，才讓他鬆開男孩的衣領。

「會死喔。」

男孩低低說了句，我怔了下，男人以爲對方在詛咒他，又是一陣破口大罵。

「那一槍開得魯莽，從百會穿過，腦漿從頭頂噴灑開來，黃的白的紅的糊成一片，你大叫著：『救我！』但很遺憾地，沒有人會救你；你很痛，痛得發狂，但是沒有人在乎你的死活！」

男人被三個路人架住，才沒憤怒扭斷少年的頭，而另一邊的女子趁我不注意，鮮紅的指甲刮上少年半邊臉頰，讓那張白淨的臉龐添了三道紅痕，還滲出幾絲血，實在太暴殄天物了。

「妳罹患後天性免疫缺乏症候群，還打算做這行下去嗎？」男孩抬起頭，一雙琉璃眼珠如天上的星，嘴角微勾起，搭上他臉上的傷，特別讓人感到怪異。

「你說什麼？」女子拉高音叫道。

「妳有愛滋病，還要繼續賣嗎？」少年咧開笑容。

我大叫一聲，在人們還沒反應過來之前，抓著少年拔腿就跑。我已經是旁人公認的愛找死，偏偏有人比我更上層樓。

我們跑離案發現場好一段距離，等我確認安全，才放開人家的手，在電器行前的遮雨棚喘口氣。我和他都淋了雨，他鬆軟的劉海垂到眼間，也不理會，只是抱緊懷裡被蹧蹋的小東西。

我拿面紙擦乾他的臉，再上了藥膏，好一會，他才有別的動靜，怔怔看著我，好像到現在才發現保護他的英雄是溫柔美麗的林阿姨。

「生氣啦？」我問他，看他上次被揍得半死也沒多吭一聲，剛才卻顯得失態。

「很生氣呢！」他笑了，完美無缺，完全不像個被害者。

「你怎麼一次比一次落魄？」我看著他，他也歪頭回看我，眼睫輕輕搧動著。

糟糕，眞是超級誘人，小男生的極致就是要這樣啊！

「常有人這麼說。」他露出春風似的笑容。

「你出來擺地攤啊？」我指了指他懷裡的貨物。

「是呀，我又被公會封殺了，沒有許可證，沒辦法做事。」

「爲什麼他們要這樣對你？」

「因爲我炸掉公會首長的工坊，再把他的白髮變成綠色的。」他嗤嗤笑著，有種惡作劇得逞的意味。

「哎呀呀？」暴力是不好的，而且他絲毫沒有懺悔的意思。

「可是，人家張天師不是道士的龍頭老大嗎？」

「是道士們的老大，不是陸家的，陸家的頭頭現在可是在下。」

「你老爸聽到絕對會很傷心，小安安。」我有感而發。

「天平夫人。」陸祈安輕輕喚著，我低應一聲。「妳不該再來見我，但又爲何而來？」

「我還以爲你什麼都知道。」

「我是知道，但從妳口中問出，就要有償還的打算。」

「還什麼？」我還是先來議價好了。

「妳不必擔心，我跟阿七討就好了。」他燦笑道，我連連揮手，克制自己不要被美色迷惑。

「是我欠的，不可以毋債子償。」我鄭重聲明，把小白兔從林家牧場抱走是天方夜談，沒得商量。

他才張口，我又趕緊補充。

「也不可以叫阿夕還。我這裡不是還有一條命嗎？」

「夫人，妳這是強人所難。洩露天機的代價大概等於阿七那把刀。」

小朋友，你覬覦的東西很明顯嘛！

「你知道小七在哪裡嗎？阿夕呢？」

他闔上雙唇，只是對我笑笑。

「只能問一個。」

「他們沒事嗎？」

「還活著。」

他大方承認，足以讓我鬆了好大　口氣。

「妳選好了嗎？」

「還沒有，不過我想知道小七的下落。」

他笑了笑，好似已經料到我會說什麼，整個人從櫥窗退開，電器行整排的電視機一同播報今日晚間頭條新聞。我看到女孩的照片被定格在螢幕上，雖然照片上的人年紀小了點，但我還是認出那是小七的小糖果班長。

字幕寫著——唐家千金遭綁票，重金勒索，生死未卜。

我連呼吸也小心翼翼，屏息聽著主播的報導，把小糖果失蹤的時間和小七可能離開的時刻比對，差不多吻合。

「小七現在和她在一起嗎？」

「九天玄女是三界最美的女子，天帝最寵愛的公主。」他往陰雨的天空看去，劃開好看的笑容。「天界爲了籠絡阿七，還眞是砸了重本，只可惜他斷不了對人世的雜念，讓一干神下不了台。」

「小七很喜歡人呢！」

「我特別喜歡他這一點，拖泥帶水的，好傻。」陸小安把嘴角彎得很高，小七抵死不承認陸家的小道士是他上輩子的好友，說他不修行，整天忙著造孽。

而兔子就是呆呆的，我跟阿夕才會忍不住寵他。

「那天也是下著雨，雷聲好吵，我本來想睡一下再過去，卻被阿七關在空間裡。風仙的事，把我罵得最凶的就是他了，結果他卻跑來救我，被雷砸成一團焦炭。我總是比別人早死，好久沒見識到什麼是死別。」

小道士往外走去，我連忙撐好傘，給發呆似的他遮雨。

「我把他埋好，就睡在他墳上，他的魂不在了，但是心還留著，我應該講點江湖道義陪陪他，可是卻被張大哥打醒，硬是被他揹到山下看大夫。」他露出無奈的可愛表情，讓人覺得應該要抱緊他。「我那時候已經快死了，阿七偏偏拿他的大好人生來抵，害我這輩子又得和他糾纏一次。」

他在雨中感慨因果，我卻認爲他上次特地跑來我家，只是想看小七過得好不好，沒有摻雜紅鞋姑娘看待小七的那種因素。串一串白派小七和陸家小安的話，就現代人友情的程度定義，他們根本是生死至交。一個在那邊嚷嚷討厭，一個說要無恥利用，是想演給誰看？

他抱著小東西往人行道圍欄一跳，像走平地一樣踩著圓柱欄杆輕快前行，我拿著兔子雨傘追上去，不禁讚歎他的平衡感也太好了吧？把墓碑當跳板的小七也是，道士都可以去賣雜耍了。仔細一看，才發現他不是踩在欄杆上，有著些微的偏差，他腳下其實什麼也沒有。

他走的路，和常人不一樣。

「夫人，妳會想把阿七關在牢籠裡嗎？這樣他就能隨時討妳歡心了。」他回眸一笑，雨天也變得美麗。

我起初沒聽明白，呆了些會，然後大呼冤枉，林之萍可是小男生頭號保護者，怎麼可能對兔子ＳＭ？

「上面就是這麼做。」他大逆不道往天空指去，什麼也不放在眼裡。「阿七說他想念同門師兄、師父和他狠心的生母，天上就只會叫他放下，跟阿七說那些他看重的感情全都只是雲煙，一點也不重要，這要教他如何不悲傷？」

所以，我就說嘛，最適合兔子的地方就是林家牧場，我和小七可以一起懷念美好的往事，還有阿夕當他的溫柔哥哥，我則是他最愛的老母，多麼完美。這樣他就不用一個人站在黑漆漆的外邊，看著別人闔家團圓，還得假裝自己無所謂。

「可是呀，結束這一世，他就會把人世拋下來了，去天上過不哭不笑的日子。我從前世就想了許多法子騙他墮落，但是他太聽話了，只會去做自以爲對的事，而且都不把刀送我，讓人很傷腦筋呢！」

他用無辜的表情說著莫名的話，我幾乎想像得到小七聽了會有什麼氣急敗壞的反應。

「爲什麼要和兔子搶刀？那是他師父留給他的，小七很寶貝。」就算我努力調整傘的角度，他還是濕了半邊肩膀，感覺又削瘦了一些。

「我要『重新開始』。」

就是遊戲玩到一半，卡關，要重新開機的意思吧？我曾經散步到某個垃圾堆中找到退流行的遊戲機和卡帶，拿回家和阿夕對打，每局都被阿夕殺得狗血淋頭，我好難過，假哭、要賴，要他讓我。小草說，阿夕從不讓步，但他卻願意爲我退一百萬步。

媽，我現在對妳好的每一分，日後都會加倍討回來。

阿夕從國小就有叛逆稱王的傾向。

我打了記寒顫，享受過後從來沒放在心上，眞是要不得，難怪我的小夕夕會越來越凶，還不准我跟小男生出去約會。

回到正題，我想了想重開機的事，人生終究有許多遺憾，但要找回過去，就得放棄當下，對擁有三個兒子的我來說，太不划算了。

「你想改變什麼？」

「如果我沒有出生就好了。」他毫不猶豫告訴我他的選擇。

那張臉笑得這麼燦爛，以致於我沒反應過來他會說出這般決絕的話語。

「你這孩子，在說什麼傻話？」

「夫人，妳誤會了。我不是厭世也不是憂鬱症，只是照各方面算來，這世不要有我這個人會有比較完滿的結果，我只是想晚一點再出現在這個世間。」

他要放棄？他還這麼年輕，才和小七一樣大，怎麼可以！要是兔子敢說這種話……可惡，臭小七已經說過至少三遍了，下次再聽到，我一定打腫他小屁屁！

「你家人會怎麼想？」我盡量表現得冷靜一點。

「妳放心，我沒有家人。」

我望著他的星眸，他笑得自在，卻在說謊。

「你們這些道士的大腦結構是不是和平常人不一樣？把自己看得那麼微薄，知不知道這樣讓身邊的人非常困擾？」

小七那孩子也是，整天說他自己不好、帶衰、未來還會忘恩負義，都不知道我多想看他開開心心生活著，每天都對我笑個兩下。

「有道是：生亦無喜，死亦無悲。唯有看破，才得九重天。」

「你現在看破了，也有九層塔啊！爲什麼硬要把時間回轉，不就是有什麼放不下嗎？」

「夫人，其實妳很聰明呢。」

這個不用說，我也清楚明白。他朝我一笑，我空出來的左手忍不住去摸他的臉龐。

「『現在』都是『過去』的路走出來的，如果說變動過去的某些環節，會有什麼變化？假設阿七上輩子沒被我那麼早害死，他就會看到受他恩澤的漢人移民在少了瘴癘和大旱的仙島上安居樂業，人越來越多，地不夠了，便開始屠殺原居的番民。他再怎麼依循白派的調解之道也沒用，到處都是血，到頭來他就會發現他那些師兄犧牲性命所換來的竟是如此不堪，他的心還能保持雪白嗎？」

他偏過頭，躲開我僵直的手指。我想，是因爲我有一瞬間，覺得他很可怕吧？

「他不是人世供奉得起，這裡太髒了。我討厭天界，可是我欠阿七一個人情。」

「我是小七的媽媽，小七本來就應該給我養！」

他眸子的光淡下一些，不知道是不是在爲我悲嘆。

「夫人，今年是嫁人的好時機。」

「大師，您上次也這麼說，對象是個胖子嗎？」

他抿唇一笑，朝我躬了躬身子，在他一眨眼變魔術跑掉之前，我上前拉住他的衣袖，急忙掏出錢包。

雖然錢買不到眞愛，又老是被嫌膚淺，但沒有錢就不能買新吉他給阿夕，也不能帶小七去美術班學畫畫，錢非常重要。

「你手上那些，我全買了！」我一口氣指下十來個飾品，抓著三張千元鈔遞過去，他卻斂起一絲笑意。

「不夠嗎？我再去領錢，你等我一下。」

「優惠價一個一百塊。」他嘴上這麼說，但心裡絕對不只這個價錢。

我拿起一個被踩髒的吊飾，用袖口擦了擦，表現出我的喜愛之意。

「我不是在施捨你，我眞的很想要這些可愛的小東西！你看這兔子串珠做得多精巧？

小熊也是，這些根本是爲我家量身訂做，我大兒子一定會喜歡這把小吉他，他剛好欠一個好看的鑰匙圈。」

「這不是鑰匙圈，是護身符，我弟弟做的。當然，咒語由我來上，保證靈驗。一件可以擋下一個小厄，人鬼神魔都適用，不必擔心排斥的問題。」

他終於打起精神，和我做這場買賣，一個個如數家珍。我暗笑一聲，哼哼，林之萍對付小男生的功力可非尋常小輩所能及。

「『弟弟』？你不是沒有家人嗎？」我故意鬧他，小道士露出被抓包的笑容。

我帶他到路邊攤吃麵，順道去麵包店買了自家的點心和他家的點心，給他帶回去享用，謝謝他的指點，希望他有空還是能來找小七玩，我想再看一次兔子暴走的有趣模樣。

「小安，小孩子就是要快樂一點。」

他聽了大笑，因爲他自始至終都是笑著的，我的勸告聽起來就像笑話。

「夫人，再會了。」他捧著麵包紙袋，跑離開我十來步，再朝我揮揮手。

「再見。」我覺得這場面有點令大嬸鼻酸。除去兒子失蹤的背景設定，今天是個很棒的約會呢！

然後他張張嘴，卻沒有聲音，我看他用力得像是要咳出血來，才從喉嚨裡擠出一個單詞。

「在南邊……」

他話還沒說完，烏雲密布的天頂猛地降下青雷，直落在他腳邊，僅有幾釐之差，人行磚頓時化成焦土。而他再張開眼，對我燦然一笑。

「停，住口，什麼都不用說了！」我嚇得心臟差點停了，爲什麼不先告訴阿姨洩露天機會遭天譴啊！

我急奔過去，拳頭都握好了，但那張漂亮臉蛋誰打得下去？我在他面前喘著氣，最後還是把阿夕的警告丟一邊，抱緊這個男孩子。

「要是眞的過不下去，就來找我，我把名片放在你褲袋裡，隨時都能打電話給我……抱歉，塞到內褲去……總之，要好好珍惜自己，不然你爸爸會很難過，知道嗎？」

「嗯。」他低低應了一聲。「夫人。」

他透明色的眼珠凝視著我，然後把唇覆了上來。

完了，未成年，要坐牢了……

驚嚇之中，我還是用僅存的一分冷靜察覺他的口形，一個是「山」，一個是「海」，剩下的全是柔軟的觸感和誘人的氣味。

「阿七說不定會宰了我呢！」他退開來，神情還是那麼愉快。

林今夕說不定也會掐死我呢，我死而無憾地想。

□

我回家的時候，沒想到小草會蹲在大門口等我，懷裡還抱著熊。

我沒問他爲什麼不回家，小草一直想來我家睡，可是都被阿夕嚴厲地拒絕了，因爲我洗澡老是忘了帶換洗衣物，常常光溜溜跑來跑去，不小心住下來，可能會被我害得長針眼。

「之萍姊，妳發燒了嗎？」

「不，被甜蜜蜜地暗算。」我解釋一下臉紅紅的原因。「吃過了嗎？我有帶好吃的麵包包回來喲！」

小草舉高熊，熊寶貝在他手裡不停掙扎，就是要把腳爪子踩得濕答答，衝來要我抱。

「你這小傻瓜。」我過去把小熊攬進懷中，撫摸他的腦袋瓜。「媽媽很快就會把你的哥哥們找回來，我保證。」

小草訝異地望著我，而我牽起他被雨淋得冰冷的手指，往後踢上大門，隔絕外頭的風雨。

傷心難過自責懊悔，花個一天調適心情和時差就足夠了，林之萍不是坐以待斃的女人，也差不多該從老王手中要到長假去展開華麗的冒險了。

「素心，在家裡會無聊嗎？」

走樓梯上去的時候，我眼角瞥見小草有些囁嚅，大概是想問能不能再借住一晚之類，客氣到不行的問題。

「不會，我教小殿下認字，他學得很快，不愧是陛下養育的孩子。」小草亮出笑容，幫我提肩包，來到小公寓門口，又搶著幫我開門。

「呵呵，小熊，小草哥哥誇你很聰明喔！」我搖搖熊寶貝的右爪子，小熊好開心。「既然如此，就多待幾天，好不好？」

小草那聲「好」還沒出口，房門突然砰地一聲，琳琳穿著阿夕襯衫和小七牛仔褲，冷傲地出來為林阿姨接門。

「妳那什麼感動的臉？誰管妳！這種天氣還把小孩子帶出門，葉素心，你是恨不得他感冒嗎？」琳琳一走過來，就把熊寶貝從我這邊拔走，抱去沙發用吹風機吹乾絨布毛。

小草一聽，火氣就上來了。他們昨天也為了搶琳琳身上那件阿夕穿過還沒有洗的長版襯衫大吵一架，本來就不對盤的兩人住在同一個屋簷下，摩擦更是以等比級數成長。

我應該要主持正義，但是沒有兒子的我很無聊，想看點少男少女的火花，就放任他們在我家裡頭吵架。

「我不能忍受讓小殿下坐在玄關等待，就帶他到離家人近一點的地方，而且我才沒有讓他吹到風，妳少大驚小怪！」小草朝熊寶貝拍拍手，我覺得他這招阿夕獨門召喚小熊抱抱的法術學得比格致好多了。

熊寶貝聽到拍拍，就要起身給人抱抱，卻被琳琳從肚子抓個正著，走不開。演變到後來，小草和琳琳各抓著小熊左右熊掌，就地拔河。

突然，「嘶——」一聲，房子安靜下來。小草顫抖著翻過熊寶貝的背，縫線裂開一口子，露出些許白色棉花。

一秒、兩秒，熊寶貝放聲大哭。

「乖乖，都是姊姊不好！」

「小殿下，我馬上幫你補好身體！」

熊寶貝拋下手忙腳亂的兩人，跑來找媽咪，身體因爲哭泣的關係，不時抽動著。他不停指著自己的背，哭得像淚人兒，他要找阿夕來幫他縫身體，重要的不是破洞，而是一針一線把他縫出來的阿夕。

「你再哭，小七就要生氣了。」我每次都拿這個威脅小熊，林家的生態系很特別，熊怕兔子。

熊寶貝一聽到小七的大名，強忍住哭勢，只是比著受傷的背，一定要阿夕爸爸縫好。

「不行，現在只有媽咪的大頭針。」

熊寶貝明白沒有阿夕了，又要開始嚎哭。琳琳在旁邊握住雙拳，心疼得要命。

「小七又會罵你哭哭熊，就算回來也不跟你玩了，還哭！」

熊寶貝緊張地揪住我的裙襬，我擠出凶狠的表情，知道怕了吧？老母本來就是一種恩威並施的生物，不欺負一下兒子，兒子就會反過來高壓統治，血淋淋的實例就是林今夕。

「妳幹嘛嚇他啦？」琳琳要過來抱熊去疼，可惜剛才熊寶貝被她拔開絨布皮，心有餘悸，反而躲到壞媽咪的背後。

熊熊膽子不大，認定誰是壞人後就再也不跟人家玩了。這世上也只有小七，即使用力扭了他的腦袋瓜，熊寶貝痛了哭了，哭完還是跑去找兔子一起睡睡，愛到卡慘死。

這麼一來，小草這個代理保母要和熊寶貝再建立良好關係也變得困難。

我只好揹起熊，用麵包賠償琳琳，琳琳卻說便宜貨她不吃，要吃熱食，像是昨天的泡麵，還要加很多蛋下去。

我看著她倔強的細眼，做了個重大的決定。

「好，阿姨來煮。」

現在是之萍有約時間，美食廚房就要抓住你的胃。要煮好料，有以下幾項大原則：

一、去找阿夕殘留下來的食譜筆記。

二、去冰箱翻一翻還剩多少菜。

三、開瓦斯爐。

四、菜好囉，開動！

先別問我步驟三到步驟四中間是不是少了什麼，因爲我才進行到步驟一，我也不知道。但是我經由小草幫助，好不容易來到步驟二，打開冰箱，裡面只剩冷凍水餃和罐頭，沒有生鮮，蛋還是我們前一天從超市買的。

「之萍姊，怎麼了？」小草順著我的視線往冰箱望去。「唔，什麼也沒有，眞糟糕。」

我的糟糕點還有另一個——林今夕，要走不走的，眞不像你。

「有肉醬耶，小琳，吃肉醬拌飯好不好？」我開心地把所有存量搜刮出來，小草覺得我的轉變有點奇怪，但我也給他笑笑過去。

「我來煮飯。」小草正確走向我家的米缸，又問了一句多餘的話。「可以嗎？」

「不可以，你不要動手，我不想吃你煮的東西！」琳琳激烈反抗。

「妳吵什麼吵，不吃拉倒！」小草心裡那點拘謹都被琳琳破壞光了。「之萍姊，我也會炒些小菜，今夕陛下會的東西，我都會四、五成。」

我連說不用了，阿姨自己來，臨時抱佛腳研究阿夕的筆記。轉眼間，小草已經按下飯鍋，動手洗起鍋子，也順道用微波爐熱著肉醬；我看完一道菜的介紹，小草正好鐽了三顆荷包蛋起來，半熟的蛋黃露出晶亮的光澤，看起來眞不錯；等我闔上食譜，好菜也上桌了。現代男生都這麼賢慧，是要女生如何在家裡立足？

「阿夕有教你做飯啊？」我揹著熊，在小草身邊轉來轉去，妨礙工作。

「高中家政課看過幾次。」小草靦腆笑著，我大呼他好厲害、小草好帥。「妳兒子才叫厲害，天底下幾乎沒有他做不到的事，我只是跟著他的腳步。」

我知道阿夕曾教小草那把床底下的弦樂器。因爲小草必須兼差賺生活費，練習的時間不多，阿夕就先把他的部分學起來，再彈給他看。這種量身訂做的學習方法，大概演練三次，小草就能上手，效率非常好。

以上是小草自己說的，阿夕很小氣，都不跟媽媽聊音樂的事。

「憑你這傢伙也配和林今夕比較？」

小草瞪過琳琳一眼，琳琳一直雙手攬胸站在廚房外，然後，小草卻笑了起來。

「妳嫉妒我。我雖然愚昧，陛下卻願意指導我，妳很不是滋味吧？」

琳琳沉下臉，赤腳跺步到客廳，我探出頭，看她坐上沙發，生氣地亂踢我家的茶几。

我再回過頭來，小草兩眼垂得老低，對著瓦斯爐火發怔，我喊他一聲，他才驚醒過來，趕緊把快焦掉的餃子起鍋裝盤。

「好好吃的樣子，有素心在眞是太好了。」我幫忙淋上醬油，順便當著熊寶貝的面爲小草美言幾句。

「雖然明白是客套話，聽了還是好開心。」小草搶先一步，把盤子端走，一點雜活都不讓我做。這個服務長輩的舉動八成也是跟阿夕學來的。

我平時是浮誇了點，但從來沒把心藏起來過。我笑是因爲開心，哭是爲了騙兔子，沒有必要對我小心翼翼呀，孩子。

琳琳看來很不高興，筷子都不動一下，小草逕自吃了起來，特別表現得津津有味。

琳琳討厭食物沾染上別人的氣味，那我用湯匙舀起熱餃子，吹了兩口氣，放到她面前，看她能不能接受。

「醬油是我加的。」我說完，琳琳就張口吞下整顆餃子。

「我餓了，幫我拌肉醬。」琳琳把白飯推到我面前，我笑著應好，仔細爲她攪拌均勻。

即使是養了很久的阿夕和小七，也沒有這麼對我撒嬌過，女孩子眞好。

「之萍姊。」小草咳嗽兩聲，感覺火氣很大。

「我也要吃蛋蛋，幫我吹吹。」琳琳嘛起唇撒嬌，大嬸我快受不了啦！

「好，阿姨挾蛋蛋給妳，也會吹吹。」

「妳裝什麼天眞！」

琳琳冷哼一聲，拿到食物後，就再也不多說半個字。

我奮力再攪一碗肉醬拌飯，老實說這樣很像狗食和貓食，不過養小孩和養寵物本質上也差不多。當我把糊成一團的拌飯端到小草面前，還希望獲得幾句稱讚。要是換作我家那兩個失蹤人口，我想都不敢想，早就被罵得狗血淋頭。

小草看了兩、三秒，然後就哭了起來。

等等，是現在小朋友太纖細還是我神經太粗，本大娘幹了什麼壞事？

「之萍姊，妳對我眞好，讓我白吃白住，還弄飯給我……」他抽抽噎噎地說，把飯碗當寶物般捧到懷裡。

「我只是做了攪拌器的工作，你媽媽也會煮飯給你吃呀！」

「她都說是因爲帶了我這個前夫的孩子，她在那個家裡才會遭人白眼，那個家的人欺凌我，她從來沒有爲我說過半句話……」

我家的大人們一向寵著我，一直到他們全都過世，我才明白那種沒有依靠的無助感。人家總叫我要堅強，但我其實不太喜歡中國傳統女性堅忍不拔的美德，我是因爲不得已，沒人可以給我擋風了，才去學會怎麼堅強過活。

「沒關係，阿姨當你的靠山。」

就當我教育失當好了，我怎麼捨得要求這些孩子獨立自主？老子都說過柔弱勝剛強，意思是兔子小小隻長不大沒關係，反正軟綿綿的兔子最可愛了。唉，我又想起小七了，誰教他從頭到腳，除了嘴以外全是軟的。他總說一個人沒有問題，但又怎麼可能沒問題？

突然，響起某人的歌聲，我和琳琳都嚇了一跳，原來是小草手機的來電鈴聲，身爲樂團的一分子，他會有阿夕的錄音也不奇怪。

小草瞪著螢幕上的人名好一會，才帶著一絲哽音叫了聲「爸爸」。

他都稱繼父「叔叔」，所以這是親生的那個。

「你打來幹嘛？我沒錢。」父子間第一句對話就火藥味十足，小草完全不打算示弱。

琳琳對小草的私生活沒興趣，百般無聊地玩著自己的彩繪手機，熊寶貝剛好從我背後探出頭，她就順勢爲我們母子倆拍了張合照。

「之萍姊，我出去一下。」小草摀起電話，一臉絕然，像要赴死般走到我家玄關。

可是他還來不及出門，話筒另一端的人就說了讓小草爆發的話。

「你說我們會長是什麼？你有種就再說一次！什麼叫他帶壞我？你和媽媽兩個人加起來還不到他的十分之一。什麼叫單親家庭？你還有臉笑別人家庭不正常？林今夕那麼努力還是有一堆白痴在他背後說嘴，你又知不知道不如他的我被笑得有多慘！」

我小心問著琳琳，阿夕在學校真的有很多人刁難他嗎？

琳琳直看著我，唇動了動才說：「綺就是老愛針對這件事，林今夕才討厭她。」

眞要追究起來，那也是我的問題，和阿夕有什麼關係呢？

過了三分鐘，小草還在門口和電話另一頭的人吵架。跟血緣最親的人鬧翻絕不是什麼有趣的事，他的口氣那麼不饒人，表情卻痛苦萬分。

「媽媽才不會擔心我沒回家，跟她說在外面賺錢她就滿意了！她打電話叫你找我？少來，你們都幾年夫妻了，她還不明白你是個神棍嗎？整個公會都知道你這個葉眞人是坐過牢的大騙子！」

小草吼得喉嚨都在顫抖，香姑說過好學生葉子從高中就有情緒失控的紀錄，格致則幫忙解釋一些心理學現象，把錯全丟到讓小草童年失歡的父母頭上。不過只要阿夕喊個一聲，小草就會乖乖到他身邊罰站，比任何處方箋都來得有效。

「我才不要搬回去跟你住，你一定又會把我的學費騙走。你這個騙子，有你這種父親，我寧願生下來就沒有爸爸！」小草掛了電話，抬起手就要摔手機，但手機不便宜，他的手停在半空又收回來，就這樣維持孵卵的姿勢在我家玄關蜷成一團。

不管琳琳的白眼，我湊過去，陪他蹲在地板上。

「這麼說好嗎？」

「不用管他，我爸沒什麼羞恥心，明天又會笑嘻嘻，到處去跟別人借錢。」

那麼爲什麼小草看起來這麼懊喪？要是眞的不在意，就不會後悔說了重話。

「給妳看笑話了，我偶爾會這個樣子，不用管我。」他捂著臉說，難掩悲傷。

我抓起小草的劉海，用力搔了搔，再拉下他的雙手。這張白淨的臉龐多麼清秀佳人，人人見了都會喜愛。

「我又太認眞了，這只不過是一世的軀殼。」小草自暴自棄地說，我的動作頓了下，趁他沒注意，繼續玩他頭髮。「像今夕陛下才不會在意這些。」

「你錯了，阿夕只是不說而已，他這個人就是悶騷。」

想當年小夕夕剛來當我兒子，不知道有多自閉？拒絕上學，一個人在家裡看書、聽廣播，三天不跟我說半句話。只有我去上班的時候會看我兩眼；下班回來又看我兩眼，不過抓他一起洗澡，他還是會像個普通小孩抵死掙扎。

年輕的我也不禁感到一絲絲挫敗，畢竟我家沒幾個錢，連累小孩子吃不好穿不好，而且他不喜歡我，這種事也勉強不來，就再拜託社工爲他物色新的好人家，希望能讓他過上好一些的生活。

我跟小夕談過新父母的事，他依然是那張冷臉，穿好鞋子，就要離開這個家，而那時候，他就站在這個我跟小草正窩著的玄關，突然動也不動，死瞪著我，好像我是個拋家棄子的大混蛋。

我也一口氣上來，老娘熱臉貼你冷屁股這麼久，臭小子，擺什麼臉色！然後用力把他拖離大門，帶他到冷颼颼的大街上，頭也不回地走著。

家，掰掰啦！林之萍天涯一匹狼，才不需要小男生安撫我寂寞的心靈。

林今夕那時候還好小好小，緊抓著我的指頭，抿住唇。我回望向他，自己也咬緊牙關，不甘示弱。

我隨便找了路邊攤，從蚵仔煎點到大腸麵線，整桌都是小菜，告知小夕這是他的最後一餐，吃完我們就形同陌路，他去父慈子孝，我重回快樂的單身日子。

結果他吃到一半就睡著了，扔下我一個柔弱女子吃光剩下的菜。老闆看我們可憐，給我打了五折，還幫忙把小夕抱到我背上。

半路他就醒了，他一眼就認出這是回家的路，竟然什麼也沒說，只是把那頭軟髮埋到我頸窩邊，繼續睡下去。

我林之萍這輩子就是註定敗在小男生手上。

再舉一個阿夕長大後的例子。

有天我跟小七在客廳看卡通，電視裡的兔寶寶快被吃掉了，急得我們兩個又叫又跳。阿夕從房間出來，看了我們一眼，又默默回房。廣告時間，熊寶貝過來拉走小七哥哥，要他去看堆好的積木，阿夕就拿著一疊報告遮掩的樂譜到客廳來，不動聲色坐上小七原本的位子，我去戳他的背，他都不理我。

媽媽只有兩個字給我親愛的大兒子——悶騷。

琳琳聽了我的評論，發出好聽的笑聲，深表贊同。

「林今夕明明愛出風頭又想裝低調，他這個會長上台演說，如果掌聲不夠熱烈，就不放人出去尿尿，眞是個白痴。我跟茵都覺得他有時候有一點小孩子氣。」

「陛下才不是風騷，那是因爲他不管做什麼都是那麼引人注目，每次學生會和社團聯誼還是各校交流，這種能聲名大增的事他都推給格致去交際，因爲他心中只有黃昏市場的限時特賣，他要趕回家煮飯給媽媽和弟弟吃，妳明白嗎？」

我覺得小草這段話好感人，有種職業婦女爲家庭奉獻的精神。

「而且在陛下演講時上廁所本來就罪該萬死，敢打哈欠就是和我們學生會宣戰，阿古還得在場下巡邏，一個一個折脖子，皇威豈容愚民踐踏？」

「這種話你也說得出口？」琳琳冷言譏諷小草，小草就算心虛也要強裝眞理。

「至於孩子氣……」

「嗯？」我還等著反方的說詞。

「之萍姊，今夕陛下眞的好任性，提出的要求都太超過了，格致跟他說辦不到他還叫我們乾脆去死，妳要勸勸他呀！」小草血淚說道。

我想想，阿夕強人所難的要求有以下幾點：不准抱兔子、不可以自找麻煩、不要跟任何異性培養感情。

我微笑著拍拍小草的肩膀，無聲爲他打氣：沒關係的，阿姨從來沒把林今夕的話聽進去，也活到了今天，不是嗎？

我們的話題全繞著林今夕轉，小草被我拉回餐桌，天南地北地講了阿夕各種事情，我愛聽，熊愛聽，琳琳也喜歡，他就說得特別起勁，能說的、不能出賣的大概全都講出來了。

琳琳中途接到一通電話，她到門口套上細跟涼鞋就要出門，還要脅我不能太早睡，得醒著幫她開門。

小草吼了她幾聲，小美女依然自顧自地離開，隱約朝我揮了兩下手。

「路上小心喔！」

小草收拾著餐盤，氣撲撲叫我不要對那種敗金女太好，她從以前就只會冷眼旁觀，坐看事態發展成不可收拾的地步，無血無淚。

我笑了笑，和花花說的完全不同呢！

「素心，阿夕和小七都不在，我好寂寞喔！」

「那小的該怎麼做才能撫慰您寂寥的芳心呢？之萍娘娘。」小草臉不紅氣不喘地接話，我眞的愛死他們了。

「彈吉他給我聽！」

「可是我那一把在學校。」小草擦乾碗盤的動作不禁慢了下來。

「阿夕床底有。小熊也想聽，對吧？」

熊寶貝鄭重點頭，黑鈕釦眼直望著植物哥哥，這是個重修舊好的契機。

「那好吧。」小草說完，一溜煙闖進阿夕的房間，抱出那把夢寐以求的銀黑色吉他，那模樣簡直像在抱新娘。

他摸著琴弦調音，輕柔的手法展現出他溫和的性格。我想告訴小草，他和阿夕還是很不一樣，不是孰優孰劣那種比較出來的不同，而是如顏色、音色的差別。

「這把是我和林今夕一起去選的。我不太會看樂器好不好，但是他一眼就知道了。我們去二手樂器行，陛下不喜歡別人用過的東西，可是我們預算不多，要買好一點的只能忍耐，哪像格致的叔叔就直接送他一把高檔貝斯，死有錢人。阿古是因爲他爸本來就有爵士鼓，他從小學，比地下樂團還穩，不過最厲害的還是今夕陛下。」

小草笑得好看，我忍不住問了平時會讓兒子們吐嘈到死的問題。

「你喜歡今夕吧？」我沒有別的意思，只是嘴巴閒。

小草輕眨兩下眼，脖子兩側有點紅，但他還是認眞看向我。

「嗯，最喜歡了。」

這樣坦率不是很好嗎？喜愛一個人眞的是件讓人幸福的事。

「之萍姊，在我表演之前，給妳說個故事，好不好？」

「當然好。」我好高興，每天都有精神食糧。

「在一個離人間很遠很遠的地方，有個世界，叫作幽冥之世。」

我微妙地應了聲，小草沒有發覺。改天也叫香菇講一個，看是不是相同的世界觀。

「那裡的組成比起人間簡單得多，由一位帝王統治，其下有十名大臣，各職所長，其中一個官位就是代理君主的職務，在陛下抵抗外侮或需要休息的時候，替他決策國事，所以他必須長時間隨侍在陛下身邊，揣摩君王的意思，一直仰望著他，不知不覺成了習慣。久了，也會想，啊，要是能坐上他的位子就好了，自己就是眞正的主宰，不用再當影子。」

小草把臉靠在琴頭上，很含蓄地表現他對吉他主人的倚賴。

「那傢伙是十個臣子裡最笨的一個，所以才會去做最不需要才智的工作。他不知道當他想要取而代之的時候，已經背叛了他的君王。他唯一比得過別人的只有忠誠；失去了老狗一般的忠心，他就什麼也不是了。」

「素心，做副手不是那麼容易的事。」像老王祕書就很辛苦，我也是，我們都很偉大，受人景仰。我還比老王多了被上司掐死的風險。

「我永遠都無法獨當一面。」小草幽幽嘆息，「沒有林今夕，就沒有葉素心。」

「阿心，你很討厭自己嗎？」

「嗯，最討厭了。」小草露出快哭出來的笑容。

小草，要是一直抱持這種想法，你和阿夕十輩子都當不成好朋友。

「如果有一天，你的陛下不想再當皇帝了，你該怎麼辦？」

「陛下這麼優秀，怎麼會捨棄王位？」

我和緩地請小草假設一下，但他似乎連想像也做不到。

「要有絕對的權勢才能保證不受任何屈辱，要是陛下失去君主的地位，他勢必要向比他卑微的人低頭，他的驕傲和風采會受人踐踏，就算他能忍，我也忍受不了！」

「哎，放心，我會保護他，為他彎腰，這對大嬸來說不算什麼。」人要多方思考，山不轉路轉，事情總沒有那麼嚴重。

小草偏著腦袋，似乎不太明白我的跳躍式思考。他這樣跟我做生意一定會被我誆走，我總是能把合約的利弊全說成利益，沒有什麼不能兩全的事。

熊寶貝上前拍拍音箱，想聽曲子了。小草抱好小熊，低眉彈起旋律。

「綠草蒼蒼　白霧茫茫　有位佳人　在水一方」

他輕聲唱著，在歌聲裡，不斷尋找他的美人。

唉，林今夕，你這個罪惡的男人。

歌友演唱會結束後，我用最美麗的笑容和小草道晚安，他和熊寶貝都要睡充滿阿夕味道的阿夕房間。小草看著我的淫笑，反倒回了安心的微笑。

「應該是我來照顧妳，怎麼反而給妳添麻煩了？」

「如果你十八歲以下，我就叫你陪睡了，怎麼會麻煩呢？」

等我回到房間，「啪」，他牢實把門上鎖。

給總經理老大的簡訊差不多該有回音了，我打開手機，他寄了三封回信。第一封要我不要逞強，有事找他就對了；第二封是南部分公司出差的批准信；第三封通知我唐家的拜帖已經準備妥當，明天去公司就拿得到了。

「老大，你眞是我的貴人！」我朝手機啵了記飛吻，再不屈不撓撥了通電話，阿夕還是沒接。

我咳嗽兩聲，在他的語音信箱裡留言。

「寶貝，我要先去找小七。媽媽不是覺得你比較不重要，你是老大嘛，等我找到小七，一定馬上去找你，不吃不睡都要找到你！所以，你要等我喔，媽媽絕對不是拋下你，絕對不是因爲你已經十九歲了！」

我好像越抹越黑，抓著電話一整晚，阿夕卻沒有回撥來教訓我，讓我有一點點想哭的感覺。

三

隔天我畫了個大濃妝，要出門的時候琳琳剛好回來。

「妳該不會眞的都沒睡吧？」

要不要順勢假裝我爲了等乾女兒徹夜未眠？我想了兩秒，還是拍拍她的肩，比向桌上半焦的煎蛋吐司，順道囑咐她要是能和小草和平相處，對熊寶貝的教育會比較好。

「妳就是那種沒人拉住妳，就會一直勉強下去的女人。現代社會又不稀罕好人，何必呢？」

琳琳把她手上的早點硬塞進我的提包裡，她在兩分鐘內就判斷出我沒睡沒吃，觀察入微啊，這孩子。

林之萍善良大度，人人都知道，但大多數人不曉得我其實貪心得要命。

「現在社會不稀罕，我兒子喜歡就好。」我故意這麼告訴琳琳，成功看到她雙眼圓睜的可愛模樣，再加速逃逸。

一到公司，老王也沒誇我今天特別明艷動人，枉費人家用的口紅還是他送的。胖子只是蹲在辦公桌下，四處翻找失物。

他的黑眼圈更深一層了，讓我有些過意不去。林家的事，王家總不免受到波及，蘇老師又住院了，老王這身油蠟燭可別兩頭燒光。

「胖胖，怎麼啦？」

「黑色的盒子。」老王嘴上唸著，難得看他這麼慌張。

我剛好在我這邊的桌上看到一個，王包包可眞是忙到昏頭。

「看起來好像首飾盒喔，到底是什麼咧——」

我來不及打開一探究竟，老王卻旋風掃來，搶走黑盒子，塞進他的機密抽屜上鎖，好小氣。

「工作！」

「嗯嗯，不要不要，人家要看盒盒！」我可以對不起老王，但不能對不起自己的好奇心。

「林之萍，聽說妳昨天跟總經理拗假，妳給我去看看妳今年的假單，比全公司的人加起來還多，有沒有臉啊妳！」

「對了，志偉，通行證，給我給我！」我今天可是要去慰問受害者家屬，必須先編好一套驚天地泣鬼神的說詞才行。

「什麼東西？」老王賞我個大白眼。

「老大沒交給你？」我好驚訝，雖然總經理晃點過我幾次，但這種大事他總不會開我玩笑。

「妳又強人所難了什麼？」王祕書強大的氣勢籠罩而來，嚇得我這個小助理皮皮剉。

「我也明白人要公私分明，但我現在看文件，上面全部寫著『兔子』兩個字，沒有辦法，除非讓我看到還是摸到真的兔子，這種病症才有治好的一天。」

老王也沒說我唬爛王，只要我把兒子們的個人資料交給他，越詳盡越好。

「南邊，山和海。」我想這應該可以縮小尋人範圍。

「希望妳的狗屎運這次能派上用場。」老王在電腦上開了兩個螢幕，一個用來處理公務，一個正在搜索我兒子的消息。

「志偉，謝謝你。」

「我沒有圖妳什麼，不用謝我。」老王繃著那張圓臉，看起來好有男子氣概。

當我正要把腦海裡的兔子揮去、做點助理該做的事時，突然一大束玫瑰掉在我桌上，摔出滿桌鮮紅花瓣。

「之萍。」西裝筆挺的龐世傑就站在我左手側，做出敲門的假動作。

我怔怔看著應該去遊山玩水的前男友，那麼久再重看一次，他的臉還眞的和阿夕有點像，難怪兒子不太喜歡照相。

「我們走吧，爸爸已經和唐家主人約好時間。」

他好開心地伸過手來，我一時間還眞搞不懂總經理在想什麼，不知所措地看向老王，老王臉色好差。

「林之萍，下午之前要回來，不然就當妳曠職。」老王幾乎要刺穿紙張那般在公文上簽下名字。

我不知道怎麼向他解釋龐世傑的到來，這樣看起來實在像我早就和他一起約好去拜託總經理的老友，讓老前輩調笑我們的關係。

「我以後就是這家公司的主人，你最好別太囂張。」龐世傑對王志偉哼笑兩聲，他明明是個草包，爲何總要挑釁滿肚子墨水的老王？

「不是吧？」我誇張地叫出聲，連忙在兩個中年男子開打之前把龐世傑拖出祕書辦公室。「這間公司應該是林之萍女皇的才對，是不是呀，各位？」

「沒錯，之萍姊！」同事們同時起立，朝我行了舉手禮。

小兔崽子，平時果然沒有白疼你們。這樣應該多少能化解老王的不安。

我和龐二世快步走到地下停車場。龐世傑一路對著我傻笑，基於禮貌，我也扯了個微笑出來。

「唐家的通行證，謝謝。」拿到了，我就要去搭計程車了。

龐世傑拍拍自己胸膛，我低叫兩聲。不會吧？不會吧？

「我從小就認識唐伯伯了，雖然他們家現在很亂，但絕不會阻止我這個世侄進門。」龐世傑驕傲說道。

「那就麻煩你囉，我們快點出發吧！」爲了兔子，我要忍耐。

他過來替我開了副駕駛座的車門，打消我上後座的念頭。整個人喜孜孜的，好像我們之間從來沒有不愉快。他踩下油門，綠色金龜車駛出建築物下方，奔馳在大馬路上。希望目的地不要太遠才好，就能早點結束。

「之萍，這個週末有空嗎？有一個宴會……」

「抱歉，我小孩失蹤了。」

他「啊」了聲，五官縮了起來，像是犯錯的孩子，無辜，而且總以爲別人會原諒他。

我以前明明覺得他這樣傻傻的很有趣，怎麼現在卻只覺得厭煩？會不會以後我也不再認爲兔子可愛得緊？人都是喜新厭舊嗎？光是想就一陣冷意。

「爸爸也很擔心今夕，還有另一個，妳新領養的，記得叫『明朝』對吧？」

聽到他提起兒子的名字，我的背忍不住僵直起來。

「比起那個胖子，他們應該比較能接受我。小孩子沒有爸爸也挺可憐的，我們不如再試試看吧？」

「呵呵呵，不會呀，這樣也挺好的。」我都不知道自己在說什麼。天曉得龐二世哪根筋壞了，怎麼開始替我家的寶貝著想。

「爸爸說，只要娶妳進門就把公司交給我，這樣妳的養子也會有繼承權，他們運氣眞的不錯。一整間公司耶，妳不用考慮了啦，嫁給我就不用再工作了，也不用看人臉色。妳兒子想要什麼，我都會買給他們。」

「總經理也向志偉說過同樣的話嗎？」我說話吐出來的氣息全是冷的，可以把水結凍。

這算什麼？以爲我眞的是軟柿子，不敢奪權嗎？公司所有客戶和合作對象都是我來打交道，如果我眞的想要，總經理老大以爲他那個位子還能坐穩多久？以爲我這個人好說話，就不需要尊嚴了嗎？

我抽了張面紙擤鼻水，冷靜下來，差一點就要衝動地和我的金主大人翻臉。

「那個胖子有什麼好？」龐世傑鬧脾氣般埋怨一聲。

我假裝沒聽到，愉快地轉移話題，詢問總經理和老太婆的婚姻狀況。

「老樣子，我媽總是揪著我爸說他偷情，還請了不少道士來家裡作法。上次還有個道姑看上我，要幫我驅邪，脫光到我床上，差點嚇死我。妳知道她四十幾歲了耶！臉上還有顆大黑痣，長了好多毛，也不去照照鏡子。」

龐世傑說得自己都覺得好笑，家裡的亂象他已習以爲常。

「你是家裡的獨子，也是個成年人了，要想法子處理問題。」

「管它的。」龐世傑噘了下嘴，讓我發現人到中年眞的不能再裝可愛。就是這種無所謂的心態，他當年才有辦法輕易拋下我跟阿夕吧？

「不說這個了。妳要去唐家做什麼？他們的小千金被綁架，歹徒跟唐家要了十億元，我小時候被抓走也才二千萬，犯人的胃口眞是越來越大。」

這些我都知道，我想了解更私密的內容，像是媒體還沒報導出來的案發過程，我要和目擊者聊聊，找出小糖果和兔子的線索。

「之萍，我以前也被綁架過，差點死了，妳看，我頭這邊還被敲破了。」

他擺明要我安慰他，我該怎麼辦才好？總不能說他活該吧？

「沒事就好。」我摸摸他的傷疤，恨死自己的心軟。阿夕重感冒的時候，怎麼沒見他人影？

龐世傑滿足地笑了笑，連聲說「還是之萍最好了」。

「聽爸爸說，綁架的事早有預謀，歹徒埋伏在唐家孫小姐回程的路上，司機還被打成重傷。」

龐世傑獻寶般提供所知情報，我的眼神不由得一亮，態度也很現實地好轉起來。

「司機？是不是一個很年輕的酷臉男人，小千金二哥？」

「妳怎麼知道唐二的事？」龐世傑的嘴張得好大。

哼哼，我變成娃娃的時候，你還不知道在哪裡泡女人？想到上次被暗算也和龐二少有關，我就覺得和他同行一定會出什麼風波，不過，最可怕的還是被他理所當然載去賓館賣掉。

「那個是唐家去外面買來的僕丁，是下人，唐家九小姐出世時附帶的賀禮。」

嗯？買個人回來當生日禮物對有錢人來說很平常嗎？我感到文化衝擊了。

「我見過幾次，陰沉的傢伙，只有他小姐在的時候才會開口說話。唐家人都覺得他對小千金的用心太過踰矩了，但小九妹妹心腸好，把他當作自己的兄長，處處維護他。我看，孫小姐根本不明白男人的心思。」

「什麼心思？」我故意追問。明明不認識，聽了幾句話，就可以替人編故事了？

林之萍睡眠不足，現在是個擁有三十萬斤火藥的女人。

「就像……我對妳的心思。」龐世傑鼓起勇氣說道，我側過臉乾嘔了下，的確齷齪。

「之萍，妳怎麼了？」

「我暈車，麻煩再加把勁，不然我就吐在你車上。」

龐世傑信以爲眞，加快車速，我試圖記幾個路標，景色從市中心轉換到郊區，林立著各國建築風格的豪宅別院，龐世傑還指了其中一棟給我看，說是他舅舅新買的。

最盡頭也最廣闊的那棟老宅院，從外牆就圍著密密麻麻的人群，我看到了採訪車、警車，甚至還有一台坦克。保全人員和記者正在角力，相較於我這邊，龐世傑只是露個笑臉，看守大門的壯漢們就恭恭敬敬讓金龜車進去。

順利穿過一大片園林造景，我心情複雜，當手被龐世傑握住時，都沒把他抓去撞擋風玻璃。

「之萍，這點小事別放在心上，我什麼事都會爲妳做。」

他深情款款，我腦海中浮現的淨是卑鄙無恥的算計。這府邸的人這麼看重情面，我是不是該裝個夠本才能把虎穴裡的小老虎拖出來？

我給老王發了封簡訊——「人在曹營心在漢」，接著拿起化妝包，半分鐘內把散落的髮絲重新盤整齊。當我抬起頭，林之萍就是這世上最優秀的氣質人妻。

「世傑，我們走吧！」

龐世傑怔著走下車，一會才驚醒，連忙跑過來爲我開車門，伸手挽住我的右臂。我就讓他牽著，相信來接待的人全看清楚了，不想誤會我們的關係也很難。

我們被帶到大廳，沿途都有穿著黑袍的人站崗，我向他們打招呼，他們也不理我，人家只好欣賞起裝飾在牆上的畫作。我看了三幅彩繪，很像是從廟宇直接挖來的寶物，有快樂的八仙、慈祥的王母、正氣凜然的二郎神等等，眞不簡單啊林之萍，我都認識呢！

看樣子唐老爺還挺喜歡神仙人物，不知道哪天我家的小屁孩會不會也被畫上去，一身翩翩白衣，流傳個幾千世？

「兔子……」想到小寶貝，我就忍不住鼻酸。

「之萍，正經點。」龐世傑唸了我幾句，我才想起負心漢在旁，不可以流露眞感情。

到了廳堂，有個七十多歲的老頭坐在太師椅上，六個黑衣人緊守著在老人左右，沒有人的視線敢和老頭子平視，除了少根筋的龐世傑，除了我。

「唐伯伯，身體還好嗎？」龐世傑就這麼大剌剌迎上非狼即虎的人間凶器，我在後頭，心裡忍不住讚歎兩聲。

「還過得去，你爸爸還沒死，我怎麼能死？」老頭哼笑道。「這女人是？」

龐世傑傻笑，我也跟著勾起唇角，老頭子的視線給老娘從頭到腳，露骨地打量了一番。

「年紀有點大了，不過很媚呀，傻小子。」

「伯伯，她在床上也浪得很，很棒的女人。」

我後悔了，我下車前應該抓著龐二世的頭去敲手排檔才對。

「我這裡正忙，有什麼事？」老頭子端起茶，細細品了口，正題來了。

「之萍，妳要問伯伯什麼，快問。」龐世傑對我招招手，我暫時原諒他剛才天打雷劈的發言。

「哦，妳有什麼好問題？」老頭子因爲我和龐世傑狀似親密的關係，不怎麼提防我，可能多少也因爲我很漂亮的緣故，嘿嘿！

「唐老爺。」我特意把聲音壓得很小，但說話的樣子卻像是盡了全力。

人老了，多少有些耳背，唐老頭只能叫我走近一些。

他的侍衛離他有些遠，我就站在他跟前，勉強達成悄悄話的環境。

「眞是遺憾，孫千金開朗可愛，卻遭遇這等厄事。」

他那雙老眼銳利地掃過我，總算略過我外面的毛皮，正視我了。

「小九就像天上的仙女，吉人天相，一定會沒事的。」

「妳知道什麼？」他緊盯著我，卻沒叫人把我攆出去。我賭對了，他守著的寶藏也不敢告訴別人。

「我想尿尿。」我笑著說。

老頭子瞪大雙眼。

「對不起，唐老爺，我想借個廁所。」我夾緊大腿，用力眨眼睛，擠出一點點淚花。沒注意我們剛才動靜的人，說不定眞以爲我千里迢迢來這就是爲了享受有錢人的茅房。

不等龐世傑出聲，我就拉了個人爲我帶路，離開戒備森嚴的大廳。

我在廁所前忍不住哇哇大叫。這個家大到洗手間需要男女分室，也眞是不容易。反觀林家牧場，堅持精緻化路線，雖然老公寓沒幾坪大，但光是一隻能抱著蹭的小白兔就贏過這裡所有黑衣人。

比起富麗堂皇的宅院，我的才像家。

我家大兒子和小兒子前些日子才學期結束，公司卻有點狀況，害我假日還得含淚打卡，對於整天待在家裡的小七實在非常抱歉。但兔子很乖，一個人寫著蘇老師交代的暑假作業，阿夕不在就認眞顧熊，好幾次我回家都看到他和熊寶貝靠在沙發上打盹，桌上有蠟筆和塗鴉。

兔子和小熊的共同畫作是「我的母親」，我不禁腹誹蘇老師，出這什麼題目，是嫌現在八點檔不夠催淚嗎？

雖然這麼想太過計較，但看到小七畫的不是他的生母，不是他前世最思念的母親，而是林之萍大嬸，我得意到眼淚都快掉下來了。

對嘛，我才是兔子老母，這世上有誰比我還愛兔子！

不過，每次七仙驚醒，他都立刻把畫收起來，不給我看，也不給我抱，眞不愧小氣七之名。

他說，大姊，熊仔想妳。

我問他，那兔子是不是也很想我？

我在洗手台洗把臉，黑眼圈和老態全露出來了。小腿在發抖，但我必須告訴林之萍不要害怕，就算這戶人家有黑社會背景，那又如何？一個沒了孩子的娘還有什麼值得恐懼的？

突然，我聽見打鬥聲，就在隔壁的男廁。

我沉重思考兩秒鐘，要不要湊熱鬧？要！

我到男廁去，也是一群黑衣人，服裝和其他屋子裡的黑衣人沒兩樣，他們十幾個人把一個戴墨鏡的男人圍在廁所門上，已經把人家打得滿臉是血。我看他的頭和裸露出來的四肢已經繞著好幾圈繃帶，這樣欺負一個傷患實在不道德。

在他們試圖把人壓進小便池前，我沒辦法不叫住他們的動作。

「已經夠了，看在我的面子上，到此爲止，好嗎？」

他們不服，質疑我是哪來的傢伙，我承認我只是個路見不平的俠客。

「他要是有什麼萬一，有人會傷心的。」

我意有所指。這群人四目交接，可能是忌憚墨鏡男人背後那個下落不明的可愛女孩，交談一陣才決定憤然離開。

「你還好嗎？還能走嗎？」

我伸出手，被墨鏡男人拍落。他現在渾身都是刺，感覺像掉到泥巴裡的驕傲孔雀。

「滾開！」

喲喲，這位小哥，你好嗆啊！

我堆滿笑，沿著他蹲下身，拉近彼此的距離。

「你凶我沒用，最重要的不就是把你妹妹救出來嗎？『二哥』。」

他終於有了敵意之外的反應，虛弱地拿下墨鏡。他真的很年輕，不過二十五歲，眼睛以外的五官都生得端正，就只有那雙眼，生得特別不一樣。

平常人的眼眶是扁的，他的卻是直的，像是比目魚。就算他的眼珠黑白分明，比常人亮上許多，但別人實在很難注意到「怪異」以外的優點。

「我見過妳。」他又重新戴上墨鏡，我覺得有些可惜。剛開始不太習慣，不過看久了就會覺得那雙眼也挺帥的，我喜歡。

「這樣就好辦啦，見面三分情，我有很多事想問你，你也需要有用的人助你一臂之力吧？」

「我不相信來歷不明的人類。」他恨恨說道，似乎對「人」懷有十年草繩的敵意。

「我是白仙的養母。」

和人談條件總要亮出最有價值的身分，我想眼前的帥哥根本不在乎我有幾棟房子、有多少存款：不在乎我貌如天仙、沉魚落雁，能讓他直視本大嬸的原因只有我是兔子老母。

「他去……救她了嗎？」墨鏡小哥冷酷的語調多了一絲顫音。

「他怎麼可能放著她不管？」

如果我對小道士的話理解正確，可愛的小糖果是同樣可愛的小七的未婚妻呢！兔子這渾球，怎麼都沒告訴媽媽這樁喜事？要宴請幾桌、選什麼黃道吉日、喜餅要哪一家、孩子要生幾個都沒決定好，白白胖胖的小兔子們兩隻手抱不完，這該怎麼辦才好？

唐二聽了我的話，原本肩頭鬆下一些，卻突然想起什麼，咬緊牙關地說：

「他們人呢？」

我想了好久，還眞想不出安慰的藉口。雖然小七不曾在我面前特意表現過，但我一直明白他是多了不起的大道者，別人求助於他，不論大小難題都能迎刃而解，就像那隻二十二世紀來的萬能機器貓。

那又爲什麼，那隻笨兔子還不回家？

「能告訴我當時的情況嗎？」我懇切地問，他冷淡地環視周遭一圈。

「沒有適合談話的地方。」

我在他面前打了記響指，我知道有個不會受到任何干擾的清淨之地，只要他跟我走。實行起來卻難度不小，唐二就是因爲說不清楚案發時的情況，大家才會認定他涉嫌重大，才被軟禁在唐家的大宅院裡。每次他想闖出去找小九妹妹，就會被一大群黑衣人輪番毒打，傷上加傷。

我再放他在這裡，總有一天會死人的。

於是我上廁所回來，順手帶了一個墨鏡帥哥當紀念品，大廳所有眼睛都看向我，我在心裡頭數數，數到七，我就變成千面女郎。

「老爺子，這是我失散多年的表弟啊！」我嚎啕一聲，撲倒在唐老頭的膝前。

感謝唐二那張酷臉，他只是嘴角抽了兩下，什麼也沒說。

「之萍，妳怎麼又發神經了？」龐世傑還搞不清楚狀況。要是換成老王，早就知道我現在正忙著搶救小酷哥的賣身契。

我仰頭望著唐家的大老爺，看他的威勢重要還是孫女重要？

「我們和小九妹子都是『上面』的人，好不容易要重逢了，她卻被人強搶了去，請老爺爲我們姊弟倆作主！」

「既然是天上來的，怎麼會不曉得九妹的下落？」唐老爺皮笑肉不笑地說，十指幾乎要把椅子手把刨出一層木屑出來。「這幾天下來，我用盡所有辦法，卻沒有她半分下落。回天上去了嗎？可是公會的法師又斷言她絕對還在人間。」

「在呀，而且百分之百還活著。我們已經派出白仙大人，相信九仙子平安無礙，只是暫時無法取得聯繫。」我將左掌平放在胸口，自信滿滿。就算不相信林之萍的節操，也要相信小白兔的神威。

唐老爺瞪向唐二，小酷哥微微朝他頷首。原來在唐二心中，唐老頭的地位至少是值得他反應一下的人類。

一陣沉默，唐老爺凝視我純潔無辜的笑臉好一會，大手揮向茶几，捧起茶杯潤喉。這誇張的動作著實嚇了我一小跳，但本大娘表面上還是笑得像智障一樣。

「萬隴他兒子，這女人不是你應付得來的角色。」老頭子提醒龐世傑一聲。

「伯伯，她只是愛開玩笑，人很好相處的。」龐世傑顯然不明白唐老爺的話，他也一直都不怎麼去了解我這個人。

「走吧。」唐老鴨大爺終究鬆了口。

「人呢？」我指了指小九的二哥哥。

「也給妳了，滿意了吧！」不愧是老大的朋友，夠爽快。

「謝謝大老爺！」我咧開大朵笑顏，湊上去給唐老爺一記香吻，他不由得僵住老臉，總算被我反將一軍。

「妳、妳這女人……我想起來了，阿隴說過妳是他的得意愛將，出去談判，沒有男人能不拜倒在妳身下。」

這聽起來有點下流，但我還是接受了老人家的讚美，在我得逞笑著的同時，唐老爺又補了一句：

「妳夠格做我小姨子。」

小姨子、細姨、小老婆……唔啊，我做了什麼讓他有了這層聯想？有嗎？之萍女士一直是如此端莊賢淑內斂害羞，不過親個一下就以爲我對他有意思了嗎？

雖然我也想過要住大房子，出門有大排場，閒閒當貴婦，但這些欲望都比不上和小孩一起在家裡打滾的樂趣。

「唐伯伯，她是我女人。」龐世傑爲難地辯解。

我這個壞女人既然目標到手了，利用完畢，也就不須再僞裝雙方的關係。

「不是喔，林之萍從來都不是誰的誰，我的人生只爲自己而活！」

我颯然轉身，大步邁出唐家大宅，後頭有腳步跟上，是唐二，而不是被愛子電話纏住的龐世傑。

「小二哥，我很帥吧！」

唐二無聲摸了下額頭，淡然地回應我：「我看到了人類逞強的極致。」

□

買了披薩和炸雞回到公司，今天就訂作垃圾食物紀念日吧！所有人都在歡呼之萍姊姊萬歲，只有老王注意到我身後幫忙端餐盒的唐二不是外送人員。

「林之萍，妳既然說要請客，就不准報公帳。」王祕書在我重生歸來後，竟然用這句薄情的話語歡迎我！

「包大人，民婦家中尚有三名稚子，兩個小的都很可愛啊！」

「林家牧場是私人企業，公司不會提供妳任何補助款。」

「呦嗚呦嗚！」我摀住臉啜泣。

「學狗哭也沒有用。」

「志偉，剛才龐世傑在車上對我……」

「他對妳做了什麼！」老王立刻上前搭住我肩膀，從上到下，從外套到內衣肩帶，仔細檢查一回，就像在為自家的寶物憂心著。

我抬起頭奸笑，真是的，老實地多注視我一些不是很好嗎？

老王踢了我的小腿，胖臉氣得漲紅。我不是眞心想惹他不快，但又覺得他這個樣子可愛極了。

老王冷靜下來，無可避免地，他把目標放在辦公室裡多出來的唐二身上。

「他不是綁票案的嫌疑犯嗎？」

在此，我必須鄭重聲明，之前我半句話都沒有提到唐家和小七的關聯，但老王已經準備好一疊資料扔過來。

「阿晶的學生裡，和妳小兒子交情最好的就是那女孩子。發生那麼大的案子，時間又那麼巧，怎麼可能沒有關係？我的動作或許比特異功能的傢伙慢了點，但只要是人類社會的事，一定有跡可尋。」

「胖胖……」我幾乎要把老王當神來拜。

「不過線索還是不夠，有關案發現場的報導全是官方說詞，我必須知道當時究竟是什麼狀況。會懷疑到司機頭上就是因爲經過時間非常短，附近守衛很快就趕來了，從市區轉角監視器紀錄的時間和守衛救援的時間，相差只有十分鐘；逃逸路徑也極少，只有轎車行駛的縣道，但現場卻沒有留下任何交通工具的痕跡，這表示除非犯人長翅膀，不然就是司機是共犯，在離開市區之前，就將被害人掉包。」

我和老王一同望向沉默的唐二，他被家裡的人用私刑打得頭破血流仍閉緊嘴，一定有他的難言之隱。

「把窗戶上的法陣撤掉，我不相信術士。」唐二維持一貫的冷淡發言。

玻璃窗整潔明亮，我什麼咒文都沒看到，老王卻拿出剪刀，剪斷懸在百葉窗拉環下的流蘇，再詢問唐二的意思。

「來了十二個人，二個槍手，二個打手，一個指揮者，七個術士。」

「術士？你是說道士嗎？」東方自古流傳下來的特異功能者，不知道是不是巧合，據說現世最厲害的兩個道士都是小男生，小男生大好。

「他們心中沒有道，只是耍弄術法的猴子。」唐二堅持他的稱呼。

「不要這樣啦，猴子也很可愛。」

「林之萍，妳別插嘴。」

唐二始終挺直背脊，站在離我們三步遠的地方。當他回想起綁票當時的情況，那張撲克臉也不免顫動。

「我妹妹那天很開心，因爲白仙把畫送給她，她一路上都在炫耀。明知道那只是同儕間的好意，她還是忍不住高興。她就是爲了和他一起到郊外寫生才會發生不測，老師也難辭其咎！」

他的責難對我這個兔子老母和蘇老師的阿偉學長，怎麼聽都帶著刺麻的感覺。

「歹徒怎會知道她那天出門畫畫？」老王忍住那口氣，提出問題。

「那個家有內賊。九妹出外都得經過層層報備，她的血親都知道。」唐二整句話只有關於小糖果的字眼有比較柔軟的語氣，其他時候都像語音信箱。

我泡了三杯茶過來，一杯給酷哥，一杯給胖子，一杯拿來給天上奉茶。

「那麼，事情怎麼發生的？」

「我一時不察，從市區回去的路上，撞上一面無形牆。」

「既然都說是無形牆，你會發現才奇怪。」

聽到有法師攪局的那一刻，所有常理的思維都要拋諸腦後，這也是老王眉頭皺成一團的主因。

「沒有人相信我。」唐二低聲說道，沒有憤怒和悲哀，反而有種預設好立場的漠然，就像以前高中同學的家長罵我「沒家教」那種雙關口氣。

「在你看來，犯人是倉促行事，還是早有預謀？」老王輕敲十指，頗有十八億探長的風範。

「他們第一槍就射中我額頭，可見已經很清楚我和九妹是什麼人了。」

我聞言，跳起來去檢查唐二那顆綳帶頭，他擋著我，不讓好心的大姊姊靠近，我們大手抓老手，僵持不下好一陣子。

「林之萍，多難看，回來！他能坐在這裡說話就表示他沒事！」

「小七也老是說他沒事，他們總以爲魔法可以治傷就不去看醫生，等到剩最後一口氣，才跟我說：『媽媽，我最愛妳了……』啊啊啊，這有什麼用，我要活的兔子，死兔子只能拿來燉肉！」

我只是表示關切，老王卻說我是外星人，叫唐二不要理我，過分！

「九妹第一時間已經把我的傷口補好，不要緊。」沒想到唐二嫌棄歸嫌棄，對於我和老王這兩個平民百姓還是有問必答。「破例使用神力，傷害不小，她原本逃得了，眞的是要氣死我……」

就算唐二依然繃著撲克臉，語氣沒有絲毫起伏，但我和老王看得出來他對妹妹被抓走這件事，難過非常。

「警方已經全面搜索，很快就會有小孩子的下落。」老王安慰道。眞的很奇怪，同樣的話從我嘴巴說出來就像玩笑，王祕書卻讓人値得信賴。

「我擔心沒有時間。普通人要錢，但那些術士要的是九妹。九妹性命堪慮。」

「唐家勢力龐大，他們未必眞敢動手。」

「九妹是小姨生的女兒，唐家有很多小孩，大部分傢伙嫉妒她受到老爺的寵愛，恨不得她去死。」

唐二一板一眼地陳述唐家本身的內憂。我和小糖果少有正面接觸的機會，不過就僅有的幾次會面和小七的陳述，她的善良和溫柔都令我印象深刻，沒想到她的家庭背景不單純也不快樂，這麼一想，不禁讓人心疼。

「她應該離我很遠，我感覺不到她的氣息。」

「小二哥，你可以感應到小糖果？」

「我不叫小二哥。」唐二挪了下墨鏡。「有距離限制，會受到山脈和深水的影響。」

「太好了，感應器，我們一起去尋找可愛的小男生和小女生吧！祕書包大人，明天總公司就交給你了，林之萍明天要英勇地到南部視察，預計會帶回碗粿、西瓜和濁水米進貢給大人！」

我立正站好，朝包包王行舉手禮。老王盯著我半晌，就在我以爲他要放行的時候，他把十多本資料夾重重壓在我的辦公桌上，帶著訓練師的威嚴。

「給我坐好，工作！」

「呦嗚呦嗚！」

我含淚做工的時候，唐二自始至終都安靜坐在辦公室的待客椅上，不時散發出保國安民的威武正氣，就像尊凜然神像。

終於捱到下班，老王願意放行，我問他是不是捨不得我離開才抓緊最後機會惡整小萍兒，結果他踹我小腿。

當我們一起走向地下停車場，老王確認我要帶小酷哥回家，臉色微微一動。

「阿偉哥哥，你也想睡我家就說一聲嘛，林家牧場歡迎山豬……爲什麼又踹我！」

微亮的停車場突然射來兩道白光，曲線漂亮的銀白轎車恰恰停在我們三人跟前，駕駛座上沒有司機，車燈亮了又暗，像是車子本身有生命。

「你來了。」唐二走向前，五指滑過轎車的輪廓。

「這應該是被警方扣押的車輛。」老王解釋道。不認識他的人還眞會以爲胖子有特異功能。「這不是普通車子吧？案發現場照片明明都撞成一團，現在卻連一點刮傷都沒有。」

「嘯天犬，世上最能幹的靈獸。」唐二面不改色地稱讚他的愛車，我彷彿聽見車子開心地「汪」了一聲。

「狗——狗——車——」我忍不住去摸兩側的後照鏡，這裡是耳朵對吧？

「林之萍，妳這個見獵心喜的表情是怎麼回事？」

「志偉，是狗，是狗耶！」一想到車子的原形是隻毛皮鬆軟的大狗，我幾乎快克制不住自己貼在引擎蓋上蹭個兩下的衝動。

「祂不是狗，是靈獸。」唐二糾正道。

「很大隻嗎？」

「對，眞身有兩層樓高。」

「毛色呢？」

「米黃色。」

「哇啊！」

「牠一定很聰明吧？」

「當然，祂從靈體初成就跟著我，訓練有素，時速一百公里，可以在三秒中十公尺內緊急煞車。」唐二連續揶了兩次墨鏡，語調也高亢起零點一個百分比。

「太棒了，眞想坐坐看！」

唐二又推了下墨鏡，就像寵物被讚賞的愛狗人士，不免感到自豪。

「就讓妳嘗試一下好了。」他爲我開了副座的車門，我當然毫不客氣鑽了進去。

「林之萍！」老王精神喊話。

其實我也不想這樣，我應該專心致志於小男生，十八歲以上的都要排除才對。可是，這是一輛狗狗車，沒有人能抵擋大狗車車的魅力！

我在車座上亂蹭一陣後（同類的感覺）才跑出去，給王志偉一記深情擁抱。

「抱歉啦，小孩爲大，公司就麻煩你先扛著了。」

哎呀呀，胖子抱起來好舒服，手感眞棒，捨不得放手。

「算了，我早就看穿妳是什麼人了。」老王從我肩膀架開距離，轉身走向他的帥氣黑車。

「你沒問過我，怎麼知道？」我是個被退過婚的女人，不安全感很重的。

「我就是知道！」老王頭也不回。

唉，沒戲。我回頭上了狗狗車，繫好安全帶，唐二默默盯了我好一會，才踩下油門。

「志偉，要是你能讓阿夕點頭，我就……」這話立刻奏效，老王的目光緊追著遠去的我。

「哈哈哈，再見了，胖胖！」

「妳這他媽的混蛋！」老王用他的方式，祝我一路順風。

□

我帶小二哥回來的時候，是穿著小熊圍裙的小草興沖沖為我開的門。

「之萍姊，今天有蔥爆雞丁……喝啊，這就是傳說中的『那個男人』對吧！」

小草瞪大雙眼，朝唐二投以血海深仇的目光。

唐二用手指把墨鏡架高，露出比日魚眼睛，兩人對視一陣。就讓咱家看看優質新生代和連續劇主角酷哥會擦出什麼驚人的火花。

「這種該死的氣息是？又是天上下來玩扮家家酒嗎？」

「難怪有一股臭味，原來是下界的雜碎。」唐二說，又把墨鏡挪回鼻間。

小草的唇開開闔闔一陣，氣勢輸了一截，憤然抓住我的雙臂。

「這是劈腿啊，之萍姊！」

誰劈誰了，眞是的。我笑個不停。

「素心，你能不能叫格致和阿意過來一趟，問他們這幾天有沒有空？」

小草雖然不明白我的用意，但還是照我的囑咐辦事。在他忙著聯絡好友的同時，琳琳雙手攬胸從房裡走出來，朝我打聲招呼，用眼角打量唐二。

「喲，天上的也扯進來了啦。你們這群自以爲高貴的種族最愛推卸責任，成事不足，在人間的敗績可說是轟轟烈烈，可別扯我們後腿。」

小草從未給過琳琳這般激賞的眼神，唐二照慣例推了下墨鏡，挽起袖口。

「較量看看？」

「我們十殿可不像天界濫竽充數。」琳琳低身按摩膝蓋，開場前的熱身。

「孩子們，有話好商量嘛！」這種大戰前夕的氣氛是怎麼回事？「你們現在都應該是『普通人』，對吧？」

我話一出口，他們就像洩了氣的熱氣球，頓時沒了征服兩極的壯志。唐二冷冷地說他要上廁所，我指示他方向；而琳琳低哼了聲，用力坐上沙發，雙腿大開。

熊寶貝從沙發底下鑽出來，跑來給我抱高高，等唐二尿尿回來，小熊又趕緊躲到沙發椅下，真是一隻膽小熊。

格致和香菇很快地趕了過來，自動自發拿了碗筷盛飯，不忘給唐二撂下挑釁的眼神。雖然有點幼稚，但比起唐家那些人，小致他們算是風度不錯了。

唐二堅持不想和他們處在同一個空間，一個人站在陽台上望著遠方想妹妹，我送飯過去時，他什麼話也沒說，等我背對他，走離兩步，他才安靜地動筷吃飯。

好像流浪狗狗，可惜他的毛不能亂摸。

另一邊就熱鬧得多，大口喝茶，大口吃飯。他們特地給我和熊寶貝留了主位。

「我聯絡上太監了。」格致插播一則消息。

「太監？」我問，似乎聽說這個人名。

「他道號叫小玄子，聽起來就像太監。」小草補充道，香菇大笑，琳琳也嗤笑一聲，看來他們都認識。「和我們同年，比機車還機車的一個傢伙。」

「他說五個人就能成陣，能從我們魂魄的共鳴點找到今夕陛下。」

「找到林今夕」這句話，足以讓我停止呼吸五秒。

「我收到消息，北部和南部都有人目擊到類似我們目標物兩女一男的身影，看我們要先從哪裡試試看。」

「南部，有個秀色可餐的高人指點。」我給了建議，這也是接下來我想說的部分。

格致看看我，隨後掏出隨身筆記本，塗塗寫寫。

「太監也在南部道觀，就叫他別上來了，我們下去和他會合。」

「之萍姊，什麼時候出發？」

這該要詳加考量，但我只要一想到兔子和阿夕，英明度就會大幅下降。

「走吧！」我大口扒光碗裡的飯菜。「小二哥！」

不一會，唐二不疾不徐地走來客廳，和我們保持固定的距離。

「載我們一程，帥哥！」我比起招順風車專用的大拇指。

「妳，還是他們？」唐二冷冷推了下墨鏡。

我抹乾淨嘴角油光，過去在他臂膀蹭了蹭，表示友好。

「哎喲，不要這樣啦，這些孩子們很可愛的！」

「孩子？」唐二質疑說道，格致他們也毫不客氣擺出流氓陣形。

「難道你也認定十八歲那條小男生線？請跟我握手！」林之萍活了近四十個年頭，終於遇上同道中人。

「多一個人耶，太太。」琳琳出聲提醒，她也間接認定唐二這個免費司機。

「小琳，不打緊的，妳坐我大腿上。」

琳琳朝我吐了舌頭：「才不要！」

她只消撥一通電話，十分鐘後，我家樓下就出現黑衣騎士，義務載她到一級戰場去。

「小熊，掰掰。」琳琳拎著皮包，瀟灑離開我家大門。

熊寶貝從沙發探出頭，揮揮爪子。

我們二號大隊也差不多該出發了，我站在玄關，先把四名帥哥請出去，拿出母親的嚚張嘴臉，等著家裡怯懦的幼子。

「媽媽要走囉！」

熊寶貝露出一雙毛耳朵，還在天人交戰。

「要去找你哥哥囉！」

熊寶貝爬出上半身，阿夕和小七的吸引力比天高比海深，但竟然不足以抵過熊熊對陌生環境的懼怕。

「要丟下你囉！」轉身，關門。

哎，我好壞。

不一會，我家門板傳來軟布偶撞擊的無力聲響，熊寶貝哭喊著，小草他們聽了都於心不忍。

「妳怎麼那麼無聊？」連唐二都忍不住幫腔。

我重新打開門，熊寶貝直接撞進我懷裡，一直哭，哭個不停。

「寶貝，聽媽媽的話，無論發生什麼事，都要堅強。」我抱緊家裡僅存的孩子。

撿了小七之後，我已經鮮少夜半出遊。車子穿梭於高速公路上，司機始終酷著一張臉，繃帶還滲著血，但他一刻也不想慢下。

我也是，想到離阿夕和小七越來越近，我就睡不著覺。

後座三個大男孩，據稱一上車就被車墊咬了屁股，和狗狗車過不去。不過吵了幾個小時之後，他們就頭靠著頭，睡得好熟，小熊也睡在格致大腿上。一方面也是由於唐二駕車技術相當優異，坐在車上完全感受不到顛簸。

「你會睏嗎？」

「女人，不要干擾我。」

「我是之萍，林之萍，綽號是兔子老母。」

我滿想從唐二口中套出他和小糖果的生活點滴，可是這似乎有些爲難司機，也影響到行車。

沒辦法了，只好由我開始分享。

「有一天，天氣很好，綠森林的動物們都跑出來踏青，兔子老母帶著小白兔到超市採買日用品——」

「妳場景跳太快了。」

哇，他有在聽耶，我再接再厲。

「兔子老母隔天就要出國去了，買了很多衛生棉當庫存，還示範給兔子看怎麼用才不會側漏。因為兔子太可愛了，兔子老母忘記他是公兔子，不需要，被搥了兩下頭，哭哭。」

「笨蛋。」唐二捧場地給了回應。

「兔子從來沒出過國，也沒搭過飛機，他一直很擔心給我的護身符會不會因為距離和信仰的因素失去效用，但他為我好的心意毋庸置疑，我覺得就算到外太空也會受他保佑。」

「他的能力沒有例外。」唐二肯定了兔子的愛。

「我還多買了一張世界地圖給他，回家把我出差的地點圈給他看。他問了許多問題，還被他大哥笑地理不好，光是我什麼時候回來就確認了三次，而我一直到登機前才發現他有多不安。」

「妳想多了。」

「我之前工作忙，冷落了孩子，小七說不定怕我膩了、不要他了。」

狗狗車叫了兩聲，似乎在安慰我，好狗兒。

「小七說，天上很漂亮，在那裡他一定會過得很好。」我不想說這種聖人的話，但是總忍不住希望以後好兔子能有好日子過。

「妳對他是種阻礙。」

「我是兔子老母。」

「他很適合天界，即使他並不怎麼喜歡。」唐二挪了下眼鏡，又拍拍方向盤，要狗狗車注意周圍狀況。「白仙請聖上賜給他能照看人類的位子，於是仁慈的聖上照他的意願把白仙派去邊境的桃花林，永遠盛開紅華的林子。花香會麻痺精神，那是令神仙快樂的林子，可以忘卻凡塵，忘記曾爲人的身分。」

「那個『聖上』根本是故意整他。」和小七的訴求完全不一樣。

唐二抬高墨鏡，用比目魚眼瞪了瞪我。

「不要質疑我們的王。我那時候也沒察覺到，聖上對他有這麼大的期許。他絲毫不受桃林所惑，整個身子必須貼在泥地上，才能聽見人間對天上的哭嚎。要是他還想援助那些受難中的人類，他就得把頭顱全浸入泥裡，弄得他總是一身髒污。每次聚會，誰都不想坐在他身旁。」

「你們不覺得這是欺負小動物嗎？」哦，我快哭了。

「少囉嗦。」唐二沒有反省的打算。「人世就是污泥，枉費聖上試煉他這麼久，他始終沒悟出這個道理。」

兔子本來就不聰明，又心軟得可以。不行，我還是覺得那個「剩下」是在捉弄我的寶貝兒。

「九妹只是在宴會爲白仙說了一句話，就被貶到桃林去，幫他洗衣服。」

「賜婚？」聽起來很有夫唱婦隨的感覺。

唐二的唇抿得死緊，似乎不想承認他的寶貝妹妹就這麼被男人拐走了。

「他憑什麼？我眞恨不得他去死！」

「小七！」兔子被敵視了，快要拖去宰啦！

唐二好一會才冷靜下來，還因爲剛才血壓急遽上升迸發了頭痛，我看他捂著額頭，趕緊爲他搧風。

「白仙眼中只有人類，九妹洗他的髒衣服洗到雙手龜裂，他也沒有慰問她半句話。她可是天界最嬌貴的公主。」

我突然想起七仙向我提過一句最悲情的話——

大姊，我們派禁女色。

小糖果，加油，攻略兔子需要愛和耐心，阿姨幫妳打氣，相信妳總有一天會成功的。

「這次要不是九妹執意下凡，期望再續前緣，就不會發生這等事了。」

「不是小七的錯，是那些壞人不好。」

「我知道，但我總忍不住這麼想。」唐二的臉別過一邊，放任車子自動導航。「人類就是這麼脆弱嗎？」

我年幼時，爸媽都出外工作，負責把我從小嬰兒帶成鬼靈精的是爺爺大人。每當我找不到爺爺的身影，彷彿世界就要崩解了，但是我得忍耐，等爺爺回來再撲過去，吸附住他的小腿。

這時候，爺爺就會摸我的頭，說「小萍很棒」，一個人都沒有哭，我是個了不起的小屁孩。

爺說，雖然最愛哭的總是人類，但他從來沒有聽說過「神很堅強」還是「鬼很堅強」這種話，只有人彼此間會這麼鼓舞，可見「堅強」是人的特質。

或者說，是在八九不如意的人生中不得已學會的技能。

「她不會有事的。」我寬慰著唐二，也安慰自己。

這一夜，我們這兩個親屬都沒睡。

四

清晨，格致的手機響起，電話傳來清爽的男音，向大家問早。

「呼嚕嚕，各位旅客，您們即將抵達的仙君洞府是——羅若波若觀，現在右轉，再左轉再右轉，上上下下左左右右，反正沿著山路走到底就是我家啦！」

「太監，這種時候你還有心情開玩笑！」小草搶了電話吼人，話筒回給他大笑聲。

「我家本來就叫『羅若若多羅』，我出去做法事報觀名都會舌頭打結。」

「誰跟你計較這個，是態度問題！」小草對著手機就是一頓罵。

「又不是像你一樣擔心就能找到咱們大主子，更何況貧道我根本不擔心他。喏，司機大哥，走到底，純潔的白色房子就是了。」

唐二懶得應聲，只好由我來幫腔：「知道了。」

「這個柔軟的嗓音是？……您好，我是子玄，靜候您大駕光臨。」

嗯？為什麼瞬間正經八百，還特別表現出對人的敬意？

「林今夕的母親就是我母親，請您不必憂愁，我們若波羅羅觀絕對會傾盡全力尋得您的孩子！」

「哈哈哈，謝謝你了。」這個小朋友還滿可愛的嘛！

「羅子玄，你休在口頭上吃之萍姊豆腐！」

「葉素心，現在是你求我不是我求你，別想仗著過去的位子狐假虎威！」電話沒有擴音鍵，對方的聲音卻大得全車都聽得到，害小草氣紅整張臉。「林今夕前陣子來找我的時候，還讓我看了林姊姊的照片，眞的是個美人，我很喜歡。」

「你很喜歡又如何？……等等，你說今夕陛下去找你，什麼時候！」

後座三人同時跳起來，六隻眼睛一起瞪著我手上的行動電話。

「嚕嚕，天機不可洩露，你們到了再說。掰掰啦！」

「死太監！」

我把手機還給若有所思的格致，之前萌生在我腦海那點小小臆測得到新的佐證——小七沒有回家，而阿夕是出門了。

我問唐二能不能開快點，他油門一踩，狗狗車疾速前進，幾乎要飛了起來。

不，不是幾乎，我看著車身和路邊柵欄的相對高度，超過車輪能接觸地面的距離，眞的飛起來了。

「卑鄙，下凡就下凡，還偷帶靈獸！」

「汪！」車子表示抗議。就像看球賽禁帶寵物一樣歧視狗，狗會比人還吵嗎？

「小草，別這樣嘛，狗狗車……會飛的狗狗車……」

我感動得說不出話，小七和阿夕老是說我是奇珍異獸的狂熱分子，我對他們的愛和稀有度成正比。雖然媽媽我矢口否認，但實際上，沒辦法，實在喜歡得半死。

「阿古，你的體型比較像保育類動物，快點，我們不能輸！」

「吼吼吼！」香菇搥打他結實的胸膛。「黑熊在此，誰與爭鋒！」

聽到關鍵字（熊），原本睡死的熊寶貝驚醒，看到身旁的大哥哥們這麼熱鬧，也搭出爪子拍打綿軟的肚子。

「熊殿下也要發威了囉！」小草把右手圈在嘴邊，佯裝成大聲公，爲小熊造勢。「格致，抬轎！」

「嘿咻嘿咻！」格致把熊熊扛上後頸，讓小熊能抓著他的腦袋，跟著他左右搖擺的動作晃動。

熊寶貝好開心，阿夕和小七不見後，第一次笑得那麼開懷。格致頓了些會，幾乎沒讓人發現他起伏的情緒，繼續在無人的山路吆喝著。

「再來！」我賣力鼓掌，支持他們人來瘋，把黑夜吵走，白晝快來。

「一群白痴。」遊覽車司機唐二給了我們相當富有情感的評價。

□

我們抵達的時候，天差不多亮了。小草他們說目的地是般若若羅教的道觀，但這棟素樸的平房怎麼看都像獨居的農舍。門前種了兩株白百合意思意思，有一輛中古機車、藍色發財車，還有戴斗笠的農夫從旁邊果園的小徑走了過來。

「妳是盤商還是香客？」農夫摘下斗笠，是個黝黑的中年男子。「今年柚子一定會甜，怕就怕八月秋颱。」

「這樣啊。這果樹幾年了？」我忍不住上前攀談。說到柚子就想到月兔，說到月兔就想到小七傻瓜，我這就叫睹物思人。

「那一片是新林，這片是老欉，老欉大部分都被老客戶訂走了吶！」

「我就想說你這裡怎麼這麼耳熟，原來是我們公司中秋送禮的指定農家。收到我們公司禮盒的客戶都讚不絕口，直說這柚子多汁，好吃！」

男人聽了我的讚美，不禁笑出一口白牙。

「承蒙妳啦。就有你們支持，農民才撐得下去。」

「好說。這邊離國道近，交通便利，土地也夠寬闊，你有沒有打算把這片果園弄成觀光民宿，擴展事業？」

「唉，這種做生意的事我實在不擅長，何況家裡人手不足，也忙不過來。」男子拿著斗笠，不經意地站上一個台階，讓自己能和穿高跟鞋的我平高。「小姐，妳是香客對吧？」

「對呀，特地上來參拜。」我堆出笑容，他也生澀回禮。

「通常都是我和弟子下山到事主家裡，四處奔波，很忙，都要排行程，倒是很少有人來我們這裡。」男人搔著平頭，黑皮膚在日光下閃閃發亮。「我派唯一的弟子也要到平地去考禮儀師執照，不知道以後還能不能傳承下去。」

男人拍了下額際，對我們這群不請自來的客人抱歉一笑。

「還沒吃過早飯吧？先進去裡頭休息。」

我轉頭招呼小朋友們，有免錢飯，走！

黑皮的男人突然頓了下，望向我身後的四人一熊。

「小姐，這都是人嗎？」男人拍打額頭，神情不住困惑。

「是呀！」好吧，熊寶貝的確不太合格。

等柚子男人往房裡走，拉開一段距離，小草他們才交頭接耳。

「好久沒遇到道行高深的道士了。」三人對那個男人品頭論足一番。

「怎麼說？」我對黑人先生的印象很好，讓我想到某知名牙膏品牌。

身為公會環境清潔工讀生，小草的發言具有一定的公信力。

「他略過我們的皮毛，直接看我們的魂。現在道者多重形式，勉勉強強才把先人那一套傳下來，雖然還是請得了神、送得了鬼，但知其然，不知其所以然。」

「拜託，他畢竟是貧道的師父，又不是你那個神棍老爸。」

兩扇木板門被推得大開，穿著連身黑袍的年輕人跨出門檻，中等身形，笑起來有兩顆小虎牙，頂著一頭蓬鬆亂髮，和直髮纖細的小草正面槓上。

「你這傢伙！」小草用力指著對方的鼻子。

沒想到對方懶得理他，開開心心小跑步到我面前。

「太后娘娘親臨，小玄子來遲了，還請太后恕罪！」

「免了。給哀家擺駕，回慈寧宮去！」我摸摸小玄子鬆軟的鬈髮，代替初次見面的客套話。

「喳！」小玄子勾起我的手臂，就要往餐廳裡去，卻在半路遭到小草他們攔截，拖到一邊的果園去處以非人道刑責。

「一見面就吃之萍姊豆腐，你不想活了是吧！」

「我平常都被陛下揍，現在終於能打回來了！」

「阿爾陀佛，我只是覺得你那張臉太賤！」

男孩們交流完感情，才一個個魚貫來到後房的餐廳。那裡有一處天然的樹根方桌，椅子則是用兩根圓木作為兩排長椅，非常有趣。唐二已經在桌邊蹺腳等飯，而本名為羅夜生的男人盛了七碗粥出來，還為我們擺上匙筷。

吃飯時間，也就是認識彼此的時候。小玄子身為東道主，大方熱情地主持這場清粥小菜聯誼。

「師父，這是之萍小姐，三個孩子的媽。呼嚕嚕，你驚訝了吧，你嚇到了對不對？她看起來還算年輕，而且也頂漂亮，一開口就讓人如沐春風，重要的是人家現在單身，你知道該怎麼做了吧？」

小玄子拍拍羅師父的肩膀，動作和語氣都十分親暱，看樣子他們師徒感情相當好。

「貧嘴！」羅師父喝斥一聲，我朝他笑了笑，他低下頭避開交接的目光，真是容易害羞。

「你沒娶，她沒嫁，又在人家彷徨無助的時候見了面，不在一起，太對不起太上老祖了。」小玄子笑臉吟吟，是個快樂的孩子。「林阿姨，這是我師父，他雖然不高也不英俊，但有一顆比任何人都要來得赤忱的心。」

「太監，今夕陛下——」小草咬牙切齒祭出阿夕的名號，小玄子這才不再玩弄他純情的師父。

「師父，這些是我山下的朋友，和上次你見到的那個是同一掛，但不是同一層級的生物。」

小玄子這句話藏了一個核彈的爆點。

「今夕有到這裡來嗎？」我好想知道，但說出來的話語還是這麼平靜。

「五天前吧，貧道有點事要和他商量，他就飆了那台黑機車上山。談過以後，他心情糟到不行，我本來以爲他不會在意，但就算過了十來年，有些事就是放在心裡，拔出來還是會流血。然後他就騎車走了，誰會想到他沒回家？」

小玄子雙手一攤，小草和一向冷靜的格致幾乎要衝上去揍人，被香菇攔住，不過香菇也是一臉憤恨。

「妳是那人的母親？」羅師父和我面對面坐著，說話方便，就算旁邊拳打腳踢，還是有辦法交談。

「是的。」他嚴肅的口氣讓我不由得拘謹起來。

「這些年來，妳一定很辛苦吧？」

「不會，他是個很體貼的孩子，家裡大小事都不用我操心。」一說到阿夕，我的笑容都散發著聖母的光輝。

這時，小玄子排除萬難，湊到我身邊來，兩指撐著下頷。

「嗚嚕嚕，太后，妳沒發現陛下最近心事重重嗎？」

我苦笑。媽媽事業繁忙，但還不至於遺漏寶貝兒子的心情，可是阿夕卻跑給我追。我每次那個「小心肝」發語詞一出現，要來母子交流一下，他就躲進房間說要寫作業、弄學生會活動計畫、把小七推出來給我玩之類的，不想多談。

或許也因爲阿夕某些傷透腦筋的煩心事我總想不到該怎麼處理，才會消極地把問題拖到孢子都長出來了。

「請妳不要自責，妳只是尊重他的決定罷了。」小玄子寬慰般笑道，月牙眼勾了起來，不得不說，阿夕交的朋友都相當可愛。「而身爲陛下最最——信任的小玄子，和他討論一些私密的煩惱也不爲過，你們說是不是呀？」

小草他們就快要暴動了，抓住小玄子要到外頭處以極刑。

內向的羅師父問還有沒有人要再來一碗，我舉高右手。

兩個長輩總不免俗地把話題轉到自家小孩身上，我把自家的阿夕和小七大吹大擂一番，說多可愛就有多可愛，再問羅先生爲什麼來當斬妖除魔的道長。

「內人和小孩很早就過世了，我才想出世修行，希望能讓心平復下來。」

「呀，抱歉。」我竟然挑起人家傷口，眞糟糕。

「沒事，很多年前的事了。」羅先生從十九年前切入他的人生。「那時候心灰意冷，朋友到國外前把這片土地過給我，希望我至少能有果園維生。我聽過一些佛法，又在這廢寺裡發現前人的經典，先修佛再修道，加上又半學半修，現在還是個半調子，那聲『師父』都是人家多給的。」

「可是你有一個很可愛的小徒弟呢！」說到小玄子，羅師父的臉色又更溫和一些。

「他很皮，總不聽話。待人處事都吊兒郎當，唯獨妳那個大兒子能讓他收斂些。他一聽到朋友要來，不用我叫，自己把家裡和院子掃了一遍，還下山買了魚和豬肉回來。」

聽起來，小玄子也非常喜歡阿夕。

「我兒子有在這裡過夜嗎？」

羅師父搖頭以對。

「子玄一通知他，他一小時內就趕來了，確認完事情，在日落前騎車走了。早知道我應該攔著他。」

「什麼事情？」我微笑問著，羅先生似乎不怎麼想說明清楚。

把熊寶貝丟在家裡，也沒回家煮飯給小七吃，到底有什麼事能重要到讓阿夕扔下他一手撐起的家？

「他在療養院的親生母親自殺了。」羅師父滿懷遺憾地說。

我的筷子掉了一根在地上，等我彎下腰撿，又掉了第二根，現在的我手上沒有筷子，也沒有兒子，腦袋糊成一片。

我呀，就像琳琳說的，眞的什麼都不知道。

「師父！」小玄子從門口衝過來，緊繃著臉，用鼓起的雙頰無聲責備他師父多嘴。小草那邊則掛著三張震驚的臉龐，林今夕眞是瞞天過海。

「就是知道妳會露出這種表情，他才不願意告訴妳！」小玄子急著辯解，拚了命地爲阿夕說話。

「什麼表情？我沒有哭呀？」我還能笑，沒有問題，我明明自詡爲能讓孩子們依賴的堅強母親。

只是一想到阿夕難過，我卻沒有在他身邊。如果當時我在台灣，他無論如何都會回來見我，我可以代替他掉淚，想盡辦法逗出他的笑顏，什麼都可以給他，只要他快樂。

但是他的母親死了，而我這個媽媽一直到今天才知道。

「本來狀況已經穩定下來了，林今夕還安排好時間來看她，特別選在妳出國的時候，這樣他即使平白無故消失半天，妳也不會曉得。」小玄子說開來，我才明白送機那天阿夕微妙的神情。

唉，爲什麼？阿夕和我不是相依爲命十三年的模範母子嗎？

「太監，你越描越黑，不要說了。」格致捂著額頭，一時間消化不了這個霹靂消息。

「沒關係，我想知道所有關於阿夕的事。」我搖搖手，請小玄子知無不言。

「他沒有惡意，妳要相信他，反正他也從沒把妳當母親看待！」

我要堅強，不然會給熊寶貝一個愛哭鬼的壞榜樣，可是、可是小玄子的話正好踩中我這個沒有血緣關係養母骨質疏鬆的軟肋，原來阿夕從來沒有接受我作他的家人？

若不是家人，那些挨餓的日子、寒冬只有一床被子緊靠著彼此取暖的夜晚、一直以來免不了別人說三道四的生活，就只剩下苦難。

熊寶貝跑過來，不顧他人的目光，努力把我的眼淚抹乾，弄得他的手爪子都濕掉了。

「大姊、大姊——！」手機響了，來電鈴聲是小七可愛的招呼聲，頓時讓我收起決堤的淚腺。

要是在這裡當孟姜女，就沒辦法長征北極找到傳說中的雪兔子了。

「喂，這裡是兔子老母。」我抱起小熊，按了通話鈕。

「妳的聲音怎麼了？」是王胖胖。

「沒事，受到一點打擊，僅次於你那個狸貓換太子的案子。」

老王罵了聲，但還是不停旁敲側擊我的情況。

我硬是瞞了過去，不想讓他知道。被包大人知道還得了？他一定會想不開去揍阿夕。

「那好，妳記一下，分公司有些事要決定。總經理和我都忙不過來，妳快去辦辦！」

「可是大人，民婦現在忙著找兒子。」

「混帳，妳出差單是寫假的嗎？快去！」

我含淚收了線，把熊寶貝和一些行李塞進提包裡，招來唐二，就要下山去工作。

他們那群孩子很擔心我，在背後叫住他們的林阿姨。但我傷心也不可能傷心一輩子，人總要生活下去。

小草說：「之萍姊，妳的妝全花了。」

哦，快點補妝，上粉上粉。

格致說：「小熊在包包裡會悶。」

可是我想帶著耶。我問了熊，熊也說要跟著媽咪。

香菇說：「請早點回來，不然某個嘴太賤的傢伙會被我們打死。」

小玄子說：「就是我，哈哈！」

羅師父則是交給我精神療養院的地址，我看向他，感激不盡。

□

於是我動身下山，唐二沉默開著車。

「我的分公司離海濱比較近，我們可以到附近繞繞。」

阿夕既然是在山上失蹤，那麼小七的下落如神算所說，脫離不了海邊。

「妳還好嗎？」唐二笨拙地關心我的情況。

我怔了下，露出受寵若驚的笑容。

「沒有啦，哎喲，人家平時可是開朗又健談的呢！」

唐二很後悔開了頭，我覺得有趣，就去騷擾他，還把熊寶貝拿出來，充當掌中戲偶，學布袋戲中的英雄劍客說話。

「吾乃深林一劍客，熊寶兒，凡吾五爪劍所及之處，必定生靈塗炭，屍橫遍野，哇——哈哈哈！」

可能熊寶貝的外表和深林劍客熊寶兒邪佞的個性反差太大，讓唐二忍不住嗤笑出聲。

「小熊，小二哥笑了耶！」

熊寶貝躺在我的手心上，嚴肅地點點腦袋。

「我在開車，不要煩我！」不一會，唐二又恢復死板的個性，還有一絲絲惱羞成怒。

我把熊寶貝放到副駕駛座的置物櫃上，唐二眼角不時瞄向毛茸茸的小熊。

「吾乃深林一劍客……」

「夠了！」唐二想笑又忍著不笑出來，我光看就覺得痛苦，眞難爲他了。能夠駕駛狗狗車的男人，一定是好男人。林之萍只栽過一次，眼光一直奇準無比。

我們先到分公司，會會各級主管，他們非常好奇我身後這名身材精實的保鑣。我就告訴他們林之萍中了樂透，包養了一個武道館出身的小白臉，最後即便我的錢被誣告成逃漏稅，全進了國庫，小白臉對我依然不離不棄。

分公司的大老們同時噓了我一聲，我們才一起坐下來開會，決議哪些合同留或不留。分公司開會比較特別，總在中午舉行，配給一個便當，閒聊式地審過額度百千萬的計畫。因爲這裡天高皇帝遠，董事長鮮少來這裡干政。

但有時候收不住嘴，難免眞的閒聊起來。我有別的要事，但聊天一直是我的長項和興趣，實在走不開。分公司的主管比我和老王大一屆，算是總經理年輕時打拚的伙伴們，他們最喜歡的主題總愛繞著總經理的家務事不放。

總經理好像又有了新歡，董事長於是派人燒了那個第三者的房子。

話說前些日子我才差點被燒成灰，經他們這麼一提，小女子心有餘悸。

「阿萍，不管萬隴對妳有多好，千萬不要和他勾搭上啊！」

「放心，我嘸啦！」林之萍是隻愛惜羽翼的天鵝，而且喜歡小男生。

「萬隴之前也有個漂亮祕書，工作久了就睡一起了，結果被他那個瘋老婆逼到抓狂，好好一個查某仔，突然變了個人，我們都覺得那是龐秀卉給人家下咒，可怕！」

龐秀卉是董事長的名字，在這些老前輩眼中，老太婆就是個會拿大杵煮魔藥的巫婆。

「你們也勸總經理老大收斂點，他都六十好幾了。」我和老王都很擔心總經理總有一天會被過去的粉蝶們合力情殺掉，而不是心狠手辣但愛他入骨的枕邊人老太婆。

「他就精力旺盛咩！」傅副總理曖昧笑笑。

我有時候會想，龐世傑那麼花，應該和總經理的身教脫不了關係，可是老王也跟著總經理老大吃香喝辣那麼多年，也沒看他變成酒色財氣的胖子，依然潔身自愛，用他的標準數落我這個明明很純潔的伙伴。

「阿萍，聽講妳又領養一個。」

「對呀，可愛捏！下次把我兒子們做成簡報給你們看。」

阿夕拍了好多兔子相片給我。他有時候也會看著照片，想著自己十七歲以前是什麼德性，感慨一下怎麼會有小男生可以從裡到外都可愛得緊。

可惜前輩們不明白小男生的好，只對我語重心長。

「妳也多放點心思在自己身上，養小孩有什麼路用？現在年輕人只會吃父母老本。」

哎喲，我還沒撿到阿夕前也被嫌棄不長進、散漫過日子，但現在也有一片天了，兒孫自有兒孫福。

更何況，對於我那兩個心肝寶貝，當我老到掉牙，而他們還沒有到太遠的地方去，還能聽見他們的消息，我就謝天謝地了。

「吶，各位大哥。」他們左右坐兩排，而我在上位，先假設這間公司在我名下好了。

「怎麼突然趴下來裝死？」

「我兩個小朋友失蹤了啦，幫我找小孩！」

「啥咪！」眾人大驚失色，就像弄丟的是他們自己的家人。

我抽了抽鼻水，整理好所有定案的文件，交給一旁嘴巴大張的副理祕書，再從提包裡拿出兩張協尋海報，一張是坐在山石上沉思、略顯憂鬱的黑衣阿夕；一張是赤腳踩著海水的白髮小七，給大伙兒傳閱下去。

「這是大的，這是小的，這是熊寶貝。」我粗略介紹一番，並囑咐他們祕密行事，千萬別給總公司知道，不然被包胖子知道我公器私用，回去一定被他剁成十八塊。

其中宋主任抓著小七的海報，連連推動鼻尖的老花眼鏡。

「這個不是神子嗎？」

「哦，我家小朋友以前管廟的。」兔子的名氣還真不小。

他們同時對我投以盜獵保育動物的目光，畢竟還有一個阿夕的先例在——從墳墓裡挖出來的養長子。我聳聳肩回應，既然老娘撿到了，那就是老娘的啦！

「我在他這麼小的時候見過一次。」宋主任比著腰間的高度。「我前面有個老太太癱瘓，口水流個不停。『神子』只是碰她幾下，她就可以自己站起來，馬上年輕了十幾歲。」

奇怪，我整天摟摟抱抱，除了小七的怒吼，並沒有任何特異之處。

「他從國中開始發育，那種能力就不見了。現在我的小寶貝只是普通的寶貝，卻被歹心的術士抓了去。我想請你們這些在地人注意一下附近有沒有不尋常的人士出沒。」

十個人找總比一個人著急轉圈圈好，要是一百個人幫我尋人，就算時間沒有縮短成百分之一，但一定能早一點讓我見到我的寶貝。

楊經理舉高手，我示意他直接說。

「這不知道算不算線索。我家巷子尾以前住了一個瞎子仙仔，小時候阿嬤帶我給他算過命，大概十幾年前被道教公會清算。五天前他又搬回來了，似乎想要東山再起，四處吹噓他可以卜算人的一生，無人能出其右。」

「還有沒有？」我鼓勵大家盡情發言，雖然目的並不單純。

「妳幾天沒睡了？」傅副總理拿出好久不見的長者威嚴。

我抓抓頭，當作沒聽到。

他們真的狠下心，把我架著丟出分公司，唐二攬著熊寶貝，跟著走出來。然後那群人就把公司的鐵門拉下，還在外頭貼了一張「林之萍與狗不准進入」的公告。

□

「這是人緣好的表現嗎？」唐二問，一邊招來停在對面馬路的狗狗車。

「我就是愛給人家添麻煩。」我咧嘴笑著，唐二敲了我一記額頭，把我當成小糖果對待，打開另一邊車門就坐。

爺說，萍水相逢也是種緣分，我這輩子就像片小小浮萍，不可能和人有太深的緣分，所以我很喜歡人，想要把握和別人相處的每一分時光。

像阿夕和小七來當我小孩是我畢生可遇不可求的運氣，我本來不會有孩子，但現在有了最棒的他們，要我怎麼放得了手？

我自嘲地笑了下，鑽進舒適的狗狗車裡，抱緊熊寶貝，思索一番。

「到海邊看看吧？」

唐二沒應聲，往海濱的方向轉動方向盤。

我們沿著海岸線行駛，唐二不時用右手撥起劉海，露出白淨的額頭。但我們都快到鵝鑾鼻了，唐二的臉色還是霜雪未退。

「有感應到什麼嗎？」

「什麼也沒有。」

我們折返回去。糖果和兔子依然石沉大海，不知所蹤。

狗狗車感覺到主人的心情，發出「呦嗚呦嗚」的悲鳴，我也跟著叫，呦嗚呦嗚二重奏，被唐二嫌煩。

「早知道就讓她投生在普通家庭。」

唐二的意思是若非要錢的幫派分子和要命的卑劣術士聯手，他一定能守住小糖果，但千金難買早知道。

「可是你就不能光明正大開狗狗車接她上下學了。」

「我可以比她早五年下凡，當她的親生兄長，嘯天犬也可以變成中古腳踏車。」

原來他都設想好了，就如我疼愛兔子的心意一樣，唐二對小糖果眞是百般愛護。

「要是她有什麼萬一……」唐二單手捂起臉龐，即使墨鏡遮住他的表情，但旁座的我怎會不明白他有多悲痛難耐。

「我們去問那個瞎子算命師。」我試著轉移他的情緒，撥了通電話給楊經理，向他要了地址。

「爲什麼要特別去找神棍？」唐二推了下墨鏡，口氣又恢復毫無起伏的正常狀態。

我偏了下頭，對他笑笑。一個志得意滿的算命仙搬回老家和綁架案有何因果關係，似乎也只有時間的發生點差不多。

說到算命，小七說過那是陸家的招牌。就像一個人在十七世紀自豪電報打得多快，陸小安已經掌握了網際網路。既然陸小安給我的指示就這麼多，他賭命說出來的是我無從判斷或是會判斷錯誤的大方向，那其他比較微末的支線選擇，就得靠我自己來判定了。

一個底層的市井小民，什麼時候會大搖大擺回到家鄉來？人家說衣錦還鄉，只是現代社會不太可能讓沒有背景的無能者接近權力中心。除掉權，那就是錢了。

爲什麼會有錢？樂透、簽賭？

要是中了大獎，避風頭都來不及了，還會威風八面出來招搖嗎？但如果是投資買賣所得，他又何必回來幹起本業？

一筆大錢的前提沒變，有了財富的老瞎子很高興，一方面因爲這是靠他的「天分」得來的，他的工作給他帶來莫大的成就感。

回到一開始唐二提出的疑問，爲什麼要去找一個江湖術士？

因爲我推測他是綁架案的歹徒。

但這不過是我在腦袋瓜轉了十來秒的念頭，不太好意思說，微笑是最好的僞裝，而大部分的男人都會由著我。

帥氣的狗狗車引起一陣注目，唐二一路開往巷底，在破舊的磚砌平房前停下車。我看到一塊簡陋的招牌，上頭用油漆寫著「鐵口直斷」，隨風「咿呀」晃動著。

我拉著顯眼的唐二上前叩門，熊寶貝在我懷裡縮了縮。

進門就是股腐敗氣味，裡頭只有一名佝僂老人，睜著黃白色瞳仁，正抓著雞腿，用門牙撕下一大片肉塊，再大口咀嚼著。

唐二看得直皺起眉，大黃吃飯都比老人優雅。

「大師。」我輕叫了聲。

「算命嗎？」老人露出兩排黃牙，已經直不起來的背脊又往下方彎了彎，感覺他背部似乎有些病痛。「男左女右，一次告訴妳三世輪迴事。」

我挽起袖子，唐二卻把我往後推，貢獻出他精實的左臂給人摸骨。

老瞎子嘖了聲，不怎麼滿意男人的豆腐，但還是從腋下狠勁攢住唐二的手，唐二有傷在身，被老人家扒肉似掐揉，卻也不吭一聲。

「我以前在一間廟看過，是個白髮的小孩子，還滿準的，可惜現在那間廟被政府遷了。大師，你覺得呢？」我提了兔子，想旁敲側擊一點意見。

「神子算什麼？」老瞎子冷笑一聲，我的胸口幾乎凍結了。

他提到「神子」時，是用一種不久才見過面的鄙夷語調，他曾遇上小七，而小七的存在已對他不構成威脅，我家兔子凶多吉少。

「哎喲，他那麼小，就那麼厲害。」我不能慌，必須繼續打探下去。

「那又如何？終究天還是鬥不過人，就算是神又有多了不起。我可以知道你們明天有水難，神還未必知曉。」

唐二摘下墨鏡，顯現出直立的雙目，再撩開劉海，打開他第三隻眼睛。

「你，一條賤命！」老瞎子渾然不覺房內加劇的壓迫感，只沉浸在揭露命運的事業裡。「從小就被轉賣過兩次，骨子太硬，沒人喜歡。幸虧你後來被一個好心的主子收留，她有什麼好的，都留給你一份。」

唐二緊盯著老瞎子，老人低駝背脊隆起一團會扭動的肉瘤卻沒有任何反應，可能還以爲我倒吸口氣是驚歎他準確的卜言。

「小姐，二十年前我可是這一帶最有能耐的術士，公會就靠我抓到了鬼子。」老瞎子論起當年勇，我盡量不去看他的肉團，勉強出言去佩服他。

「怎麼有神子又有鬼子？」我裝出好奇又帶點無知的樣子。

有隻蛆從老瞎子那團肉上掉下來，我深呼吸才壓下尖叫，唐二竟然還可以坐在旁邊讓他摸來摸去，小萍兒對於小二哥的膽識欽佩萬分。

「鬼子從陰間上來就是要帶生靈下去，等他長大成人，人世免不了大劫難。我可是賠了我的神通眼才找到這麼一個。說起來，我眞是英雄，讓這麼一個妖孽長眠於墓下。」

「你們殺小孩子？」這是世上最不可原諒的三件事之一。

「那不是小孩子，是妖魔。」老瞎子重申一次。「他母親還不相信，帶著他亂跑，後來才承認她懷胎十月生出來的是災難，害人害己。」

老瞎子熱心介紹當年他們仙道團體舉行的儀式，幾個人排排站，定下法陣，讓邪惡的靈魂離不開死亡的肉體，永世不得超生。

鬼子的聲音是魔的聲音，女士，請封住它。

鬼子的眼是通往地獄的入口，女士，請封住它。

他們把鬼子裝進黑箱子裡，黑暗的存在就該待在黑暗的地方，永不見光。

我聽了，雙腿一軟，差點站不穩。想起年幼的阿夕被泡在血水裡的畫面，縫得血肉模糊的稚嫩五官，甚至無法哭喊，我的心就快被撕裂開來。

多年前，我家阿夕就在這一帶被我血淋淋地抱出來，醫生說可能會死，而我請求讓他活。他還那麼小，來不及體會人生的繽紛五彩，短暫的一生只有黑色的陰影，太可憐了。

這群人禍害完我心愛的大兒子，竟然又來禍害我的寶貝小兒子。

老瞎子還在抱怨公會將他們這些英雄全部除籍，因爲張會長只想當好人，完全不敢違反世俗的道德倫理，即使是如此壯烈的義行也不容許。

那小糖果又怎麼說？因爲長大後會太漂亮，先宰了她嗎？他們終究只是爲自己的行爲找一個堂皇藉口，說什麼也不認爲自己有錯。

唐二還在和老瞎子背上的肉團對峙，老瞎子臉上沁出冷汗，從剛才即沒有再爲唐二分析命運，算不出來。

當老瞎子摸到手腕時，突然大叫一聲，整個人往後倒去，撞得那團肉又不見了。

唐二站起身，理理黑西裝，拉了我就走，還給熊寶貝拍了兩下頭壓驚。

「不準，不給錢！」唐二說得順口，帶著流氓的味道，卻也沒和他的正氣相衝突。

我想了下唐家的背景，這算近墨者黑嗎？

老瞎子癱倒在椅背上，不知在喃喃些什麼。唐二把我塞進車裡之後，飛快駛離摸骨算命仙的房子。

「他在背上養小鬼，幫他們規劃犯案逃逸的路線。」唐二調整著狗狗車的後照鏡。

小七說過，人和鬼打交道是很危險的事，雖然能收到種種好處，但它索討的代價往往不是普通人所能負擔的。那時，阿夕就笑咪咪說：「弟弟你吃了我這麼多頓飯，要怎麼回報我（捏臉頰）？」小七驚恐地張大眼，正所謂肉債肉還。

「那人快死了，他們才會放任他出來招搖。附近有兩個人在監視，很快就知道我是九妹的保鑣。」

「怎麼辦？」

「就等他們找上門！」

我們確實煩惱線索太少，可是配備有限，如果那些人拿著槍迎接，我們兩條命也只是在他們罪大惡極的犯行上再添一筆。我問唐二有沒有一人當關、萬夫莫敵的神明爆發力。

「我們下來都受到層層禁錮，避免造成人世動盪。」

「可是小七還是很厲害呢！」

唐二抿緊唇，說：「即使天上爲他上了最重的枷鎖，也無法完全壓制他的靈能。」

抱歉，我心裡頭只有一隻小白兔被套上項圈的畫面，瑟縮在角落發抖，太可憐啦！

「對嘛，小七連你們這些神都沒辦法掌握，區區人類又如何？他又有一套男性的傳統信念，一定會保護好九小姐。」

雖然，我深深明白，強悍和無敵是兩回事。

「妳覺得他們還活著嗎？」唐二的話裡有一股壓抑的淒然。

「當然！小兔子和小糖果一定能手牽手歸來。」

「謝謝妳。」唐二重新仰起臉，在僅有兩輪寬的鄉間小路上平穩右轉。

不客氣，同樣身爲被害者家屬，互相打氣是應該的。

太陽就要下山，唐二一路把我載到偏遠郊區的療養院，就是小七一天到晚叫媽媽我快住進去的那種地方，這裡收容精神病患者。

「妳進去打聽長子的消息，我在車上睡一下。」

我不能要求唐二順便來幫我找失蹤的阿夕，這和搜尋小糖果的行動無關，但他還是爲了我，願意耽擱時間帶我過來。

我請櫃台小姐找來負責人，用總經理的名義軟硬兼施。一名中年白袍醫師慌張跑來，名牌上寫著「院長」。

我向院方問起前些日子自殺的女子，自稱是她的親屬，很難過發生這種事，希望能代爲處理她的後事。

院方支支吾吾，只是捧來一箱女子的遺物，裡頭全是小孩用品，那些迷你的衣物上還縫有小朋友的名字。

阿夕過去的名字，從來不對我提起的名字。

「前些日子應該有個這麼高的年輕人來找她，特徵是，嗯，長得霹靂無敵帥。請問你們有印象嗎？」我探問阿夕的下落，他們聽了更顯侷促。

醫生判定阿夕的生母病況好轉，已維持精神穩定的狀態有一段時間，肯去面對親手絞殺親生兒子的扭曲記憶。她這些年來一直反覆述說她如何用愛人給的定情信物，那條訂做的銀鍊子勒緊小孩的脖子，直到他動也不動，不會再用哭啞而封閉的嘴喚她「媽媽」。

她只是想回到愛人身邊，但對方不同意她帶子成婚，她只是被環境逼得發狂，唯一發洩的對象只有她的稚子，只要沒有他，她就能回去過著光明的生活。

她拚了命地想向醫生解釋清楚這不是自己的錯，但到最後，她只記得「媽媽救我」、「媽媽好痛」、「媽媽不要」，她的孩子哭得好慘。

從山上道觀來的道士男孩有時會來探望她，因爲對方和她死去的小孩同年，她即使在最具攻擊性的時候，也沒抗拒他的接近。

小道士自稱是受人所託，反正他從小父母雙亡，讓她錯以爲是兒子也沒關係。和院方商量過，同意他用宗教方式開導病人。

偶爾醫生會在旁邊看顧，畢竟女子有個相當富有的親戚要院方給她最好的照料，怕她鬧出什麼意外。

女子在黑衣小道士來訪時總是很安分，還會給他理衣服，整理頭髮。

她最常問小玄子她過世的小孩會不會恨她？

小道士說：「呼嚕嚕，老實說，恨到骨子裡。」

女子發呆似地望著天花板。

小道士又說：「但他過得還可以，有個很愛他的人。會笑會唱歌，不過死都不哭了。

常被靈異現象糾纏，誰教他以前立法沒完全，讓鬼鑽漏洞。在他找回自己的力量前，被找麻煩也是在所難免。」

女子說：「我很想念我的孩子。」

小道士回：「我會轉告。他要是願意來，我會先搜走他身上的武器。」

女子說：「我沒臉見他。」

小道士回：「那妳就繼續逃避，瘋傻一輩子了吧！」

他們就這樣有一句沒一句地聊著醫生不了解的話題，鼓舞和激將摻雜在裡頭，成效顯著。至少這幾年下來，女子的眼神漸漸回復清明，不再把針線當作詛咒工具，而用來把她帶在身邊的童裝補了完全。

但就在上個禮拜，女子逃出療養院。警方搜索過後，在深山崖邊發現她的一雙鞋和遺書，遺書上寫著要把她名下一切全留給她的孩子。

我聽了，忍不住心中的酸楚。

怎麼會這麼傻呢，阿夕都要來看她了，不論什麼事，再忍耐一下就能見到小孩了啊！

「她有精神疾病，遺囑沒有效用。」院方特別強調這一點，我疲憊地表示了解。

遺囑當然沒有意義，重要的是活著的人。

「你們心裡有個底嗎？真的能不在意一個人無法挽回的死亡嗎？」我多少察覺到院方

意圖壓下整件事。

陪同的護士動了動唇，遭白袍醫生制止。我本來想要用賤招套話，讓他們無地自容，但醫生卻親自開口。

「好像有人威脅她，很有地位的人，她不想因爲她拖累到那個生死未卜的孩子。既然這是她的遺願，本院當然沒有一個年約二十的年輕人來打探她的死因。」

我明白了，對阿夕的去處也心裡有數了。我開口，向院方補足故事中應該早已身亡的那孩子的後續。

「我本身子宮異位，年輕時又出了車禍，沒辦法生育，這是我這輩子無法彌補的缺憾。可是我很幸運，收養到一個很好的孩子，他很懂事，一直照顧著我，我們比一般母子還要親密。他是我引以爲傲的孩子。」

林今夕是林之萍一生中最珍貴的寶貝，絕不可能改變。

「我是那個不存在的年輕人的養母，可以帶走這箱東西嗎？」

護士小姐捂著嘴直掉淚，醫生輕聲說好，請我簽個假名。

我抱回那箱遺物，唐二醒來，車子往暮色開動。

我倚在車窗上想著，對那名女子來說，世上眞的有神明嗎？

五

等我們回到休閒農場，夜色已經上來了，正好琳琳坐著黑色機車抵達。她往機車騎士安全帽下的脖子吻了一下，和阿夕同款的黑機車才戀戀不捨下山離開。

「男朋友？」

「炮友。」琳琳冷淡地回。

啊啊，現在的小朋友眞是開放。

「林阿姨！」小玄子從屋裡蹦出來，幫我拿熊，又挽起我的右臂。琳琳對小玄子發射出廢棄物去死的眼波，走過來硬是抓起我的左臂。

「林今夕怎麼會來找你？」看來琳琳也掌握了一點消息。

「秋末公演快到了，我是他的伴奏之一。」小玄子避開阿夕生母的部分，編出另一套理由。

「你不是只會吹嗩吶？」琳琳用眼白回應，直接吐嘈。這群小朋友的交情還眞是不同一般。

「嚕，這是血口噴人！我是主修薩克斯風，副修嗩吶！」小玄子憤怒澄清。

「我也會彈鋼琴。」琳琳不甘示弱地說，他們都是喜歡音樂的好孩子。

「妳那種大小姐扮家家酒等級的怎麼跟維也納比？」小玄子低哼一聲。

「維也納？」我好好奇，好像曾聽阿夕提過，但我都記成某牌碳酸飲料。

「太后，妳聽過天才鋼琴師程清湖嗎？十二歲名震世界，今年十九歲。他去維也納拜師學藝，所以我們都叫他維也納！」

嗯嗯嗯，讓我想想，阿夕高中的時候似乎有個來家裡拜訪的朋友搬了一台三角鋼琴到我家樓下，就為了彈兩首莫札特給我聽。當時街坊鄰居把我家那條小巷擠得水洩不通。是個留長髮的男孩，當阿夕叫他「清湖」就會低眸輕笑的氣質少年。

「結果你們這群人上來都沒有在考察民情，而是全力學習新時代的樂器。」琳琳抱怨著，小玄子則是放聲大笑。

「這麼說也是呢，在我們心中，沒有比迎合陛下喜好還重要的事了。幸好我們國家再擺爛也不會亡國。」小玄子大剌剌地承認，神情愉悅。「妳一種都沒學吧？明明看得比任何人深入，卻不肯努力去改變什麼，永遠都是冷宮命。」

「住口，關你屁事！」

「葉子的吉他還不穩，格致的貝斯有點呆板，反倒是學佛阿古的那張鼓能讓林今夕稱讚幾句。而我呢，他說我再不照譜即興表演，就要用麥克風砸破我腦袋，哈哈哈！」

「可惡！」琳琳露出十成十的嫉恨表情，生動可愛。

「聽說閻羅趁底下電子化，請亡魂教他怎麼電音配樂。這種奉承陛下的事，他絕對不落人後。」

「一群不務正業的傢伙，冥世沒未來啦！」琳琳被刺激到骨子裡。「這女人也一無是處，為什麼她的待遇卻比我們加總來得好？」

琳琳指的應該就是在家裡睡飽吃吃飽睡的大嬸我。

「因為她是太后啊！」小玄了不敢置信琳琳說了個天大的廢話。「妳想想陛下重開金嗓是為了誰。」

琳琳瞪向我，雙眼圓睜。

「妳好討厭！」

「對不起啦！」我忍不住摸摸她的腦袋。

羅師父看到又多了一個小美女食客，趕緊到廚房再拿出一副碗筷。

小玄子再次進行混亂的雙方介紹，羅師父就像一般長輩，看到孩子帶了年紀相仿的異性朋友來到家裡，總會想試探到底是不是未來的媳婦兒。

但琳琳喜歡誰，在座除了羅師父，大家都很清楚。

在這個自由戀愛的時代，我們桌上五個小帥哥小美女全都單身，實在是件稀奇事。

「我要打工，沒空交女朋友。」小草低頭扒飯。

格致把熊寶貝端出來，請我別苦苦相逼。

「我在修行。」香菇誠摯地說。

「我也在修行呢！」小玄子開心附和。

我最喜歡玩這種遊戲了，配對成功率有百分之六十五。

「小琳，要是在座的人讓妳選一個，妳想選誰當男朋友？」

琳琳毫不猶豫牽起我的手，但她的目的是把碗遞過來，請我幫她挾菜。

「就說嘛，一群女人住在一起，一定有問題。妳對之萍姊懷了什麼心思？說！」小草性格裡的三姑六婆又出現了，他這次直接攻擊琳琳最重要的兩個好朋友。

「你喜歡和同性，尤其是林今夕搞曖昧，就不要牽拖到我身上！」琳琳毫不客氣反擊回去，直中小草心頭那座山。

「我才沒有暗戀陛下，再怎麼說都是整天找今夕陛下打的格致比較有嫌疑！」小草把棘手的一球砸到格致身上。

「我想澄清被虐狂這點很久了，是林今夕太容易發怒，怎麼會是提出建言的我的問題？他老是把我踩到地上，踩了又踩，你們想想，誰會喜歡這種感覺？」

「就你呀！」大家異口同聲地說，格致含淚下台。格致因為曾經說了一句「今天還沒被會長揍，感覺好不習慣」，而揹上永遠無法抹煞的記號。

羅師父大概很久沒坐過這麼熱鬧的餐桌，靜不下來，一會替我們倒茶，一會給我們加菜。

「師父，你不要走來走去，喫飯啦！」小玄子喊了一句，羅師父才又坐回我身旁。

我好喜歡這種團圓飯的感覺，羅師父表示他不知道該怎麼插進小朋友的話題。這簡單，就讓我們來聊點大人的話題。

對我來說，大人的話題就是小孩子。單親父母的育兒經又是一般家庭的兩倍，一旦開了頭，就停不下來，欲罷不能。

「我撿到他的時候才一丁點大，一眨眼便像吹氣一樣，能在地上跑跳，老是跟在我身後，口齒不清地叫著『師父、師父』，直到我抱不動，才收斂一點。」羅師父連飯也忘了吃，忙著比手劃腳。

「呼嚕嚕！」光聽就覺得好可愛，我養小孩都沒經歷這階段。熊寶貝比較愛追著小七跑，而且我會自己撲過去，不用他來跟。

羅師父嘆口氣：「我信奉的教義崇尚儉僕，也沒什麼錢，吃得很簡單，沒注意到小孩子發育要補充蛋白質，害他長不高。」

旁邊大笑一陣，話題人物小玄子朝羅師父板起臉孔。

「貧道好歹突破一七〇那條男人的界線了！」

「可是上次你那個朋友來，站在一起就差了一截，男孩子還是長得像那樣比較好看。」羅師父語重心長。

但這不能單怪小玄子，同年的男生站在阿夕旁邊幾乎都會有自卑感，四個字——就．是．帥．哥！

「我家小兒子也不高，但還是很受可愛的小女生喜歡。」

有次假日，我帶兒子們去育幼院陪小朋友玩，沒一個敢碰阿夕，而小七則大受歡迎，每個都要兔子哥哥抱抱，小七也真的抱過一輪才休息。

「我們常去誦經的殯儀館，也有個文靜的女孩子喜歡子玄，只是人家眼睛不太好。」

「就是嘛，眼睛不太好才會看上太監。」小草他們故意冷嘲一番。

「師父！」

不理會小玄子的抗議，我們大人繼續聊大人的話題。

「我家小兒子班上的班長都會邀他一起回家，天氣冷還會牽手，純情死了。」每次小七說到他和小糖果的放學約會，媽媽我都心花朵朵開。

唐二瞪了我一眼，我裝作沒看到。

吃飽喝足，羅師父要到內室冥思，小玄子叫他快去，碗筷他會記得洗。

等羅師父關上內室的門，小玄子笑咪咪轉過身，叫小草洗碗，因爲小草是道教界出名的快手雜工。

小草聽了不爽，撩起袖子就要幹架。

我在家裡幾乎沒洗過碗盤，但並不代表我不會，現在正是展現林阿姨賢慧一面的機會，我來！

匡啷！三十秒後，人家摔破第一個碗。

「抱歉喔！」我大笑以對。

小草架也不打了，把我請下去，自己上陣洗餐具。聽說小草的親生老爸每次闖禍，他都得到人家府上當免費傭人一個月，後來張會長看不下去，才付錢要小草到公會大樓做事。

小玄子趁機說明即將舉行的儀式，要五個人坐在五行的位子上，從靈魂中取得同一個人的共鳴，也就能尋得林今夕的方位。

「其實你們今天來，貧道就有種感覺，他離我們並沒有多遠。」

「可是不知道就是不知道，這樣反而讓人焦躁。」格致撥開額前的髮絲，眼神藏不住擔憂。

小玄子突然冷笑一聲，只有我覺得突兀，其他人反倒習慣他無良的表情。

「作法之前，貧道要先確定咱們沒有內賊。」

水槽傳來巨響，小草面無表情地把失手摔落的盤子重新放妥位置。

「葉子，你這樣會讓我們有所懷疑。」格致忍不住說了一句。

「閉嘴，我只是在想要是陛下在，他會怎麼做？」

「你還沒聰明到能揣度林今夕的想法，洗完了就快去泡茶。」小玄子恥笑的意味太過明顯。

「我是笨，但在底下官位最大的是我，連掌握實權的閻羅都得讓我三分。」小草從櫥櫃拿出茶壺，熟練地揀了茶葉，技巧性調整熱水量和沖泡時間，將茶葉沖開，和阿夕泡茶的樣子有七分像。

「所以你的輪迴才會被動手腳，投生做已經很低賤的道士的小雜工。」

「人世短暫，冥世才是永恆。」小草先倒一杯茶給我，還囑咐我小心燙。「上界的先生，請你先行避開。我們無仇，但也沒有半分交情。」

唐二微抬脖子，最後還是看在我的面子上，到外頭車裡歇息。

不知道是不是我的錯覺，小草正盡力模仿熟悉的那個人，阿夕不會舌燦蓮花，最重要的是快速掌握局面。

「子玄，我們之間沒有內奸，請你快點開始。」小草板起五官，他的音量不重，重的是不容質疑的態度。

小玄子吹了聲口哨，難得琳琳沒數落什麼。香菇給了讚賞的眼神，格致過去輕敲小草的肩頭。

如果事情眞有什麼萬一，小草就得負全責，這是保證人的代價。但當他鼓起勇氣擔起這份責任，場面的主導權就轉到他手上。

小玄子領著我們上二樓，樓上有間鋪著榻榻米的道場，道場已經畫好五邊形圖樣，我們被平均分配在五個頂點上。小玄子站在法陣中央，手上提著一盞油芯燈。

「不會比考大學還難，你們想著林今夕就好。你們的意念會具現在我手中的火光裡，然後這道光芒會凝聚起來，一端延伸至林今夕所在的地方。」

不等小玄子說完，我們已經開始回想起阿夕的種種好處。

約莫五分鐘過，火光大起，照亮整間道場。首先是香菇的內心，像是立體投影機，從火光中浮現他和阿夕隨興坐在校園一隅，論辯佛與道對於地獄的不同概念，並探討陰世有無平行空間的可能。

「你們大學生怎麼那麼無趣？」小玄子下了眉批。「下一個。」

火焰換了種顏色，偏黃亮。畫面轉換，我們看到穿著黑色皮衣，奔跑過來的阿夕，像是電影一樣，鏡頭突然特寫林今夕微喘的嘴唇，大伙的喉嚨都突然有點乾。

「小月，茵茵她們來了嗎？」阿夕溫和地問。

「『小月』！」小草驚叫。

此時，一旁的琳琳已經把臉完全埋到雙膝裡。

畫面中的林今夕笑得好生溫柔，他板著臉的時間較多，神色一柔軟起來格外吸引人。

「她們會晚下課？眞糟糕，市場喊價特賣已經快到了，我要速戰速決才行。妳想吃速食嗎？（琳琳點頭）好，那我去買兩份過來，裝成三袋，妳就和茵茵、心綺說妳偷吃了，這樣我就能省一個套餐的錢，可以嗎？」

我看得眼眶發熱，阿夕的零用錢果然太少了。

「嗯，可以。」琳琳含蓄應下，轉了轉鞋尖。

小玄子邊看邊摳了下耳朵：「很遺憾地，妳的感情註定是場炮灰。」

「不要說了！不要看了！混帳！」琳琳大吼到破音。這樣欺負女孩子眞的好過分，可是又很有趣。

接下來畫面轉換成彈吉他的林今夕，但看起來又和阿夕有點不同，似乎變得更加閃亮，鐵灰色的眼珠也明亮起來。

「素心，這一段，手指要這樣下來，彈起來才會順。」

「你好厲害。」

「有時間誇我還不如來練習。」阿夕拍拍右邊的空位。

於是影像中的小草抱著自己的吉他湊過來，想要照著阿夕的指導做，卻太緊繃，音不成曲。

畫面中的小草垂下眼，因為達不到阿夕的要求而感到沮喪。

阿夕放下自己那把弦樂器，來到小草身後，從後頭搭住他的手臂，貼身示範教學。

小草再試一次，這次就順暢多了。

「還可以嗎？」小草偏過頭，和阿夕的臉距離不到三公分。

「不錯。」阿夕揉了下小草的頭髮，小草笑得都快擠出蜜來。

小草適才撐出來的威嚴，瞬間搖搖欲墜。

「這只是教學……」小草微弱辯解。

「葉素心，你這個天打雷劈的東西！」琳琳大力撻伐，恨不得取代小草當時的位子。

「你的感情不僅是炮灰，比濕掉的引線還要不如。」小玄子哀悼一聲，香菇也附和善哉善哉。

「太監，你閉嘴沒人當你是啞巴！」小草快要崩潰了。

接下來呢，我們看到一雙皮鞋底。

「啊、啊……陛下，別踩了，那裡不要，啊、啊——左邊胸口還沒有，再來，啊、啊！」

香菇把熊寶貝的鈕釦眼捂住，以上爲輔導級，十二歲以下不得觀賞。

我眞是大開眼界，畫面中的格致衣襟大敞，身上滿是鞋印，他的嘴上叫痛，臉上卻是無限滿足。

「夏格致，衣冠禽獸！」眾人群起攻之。

「我跟你們說，那陣子我壓力太大，胸肌和腹肌會不時抽痛，林今夕只是幫我按摩！」格致還想澄清什麼，但他就算化成灰也不會有人相信他了。「誰知道他會用踹的，與其說我是M，還不如說他是S！」

「哈哈哈！」這是小玄子的感想。

最後，還剩下誰？

我看小朋友都望向我，哎呀，原來林阿姨是壓軸呢！

他們的表情就像是想把我的心挖出來，研究我對阿夕的那份心有什麼組成成分。

火焰明顯化成純粹的紅色，三二一，影片開始，一個五官扭曲，斜眼歪嘴的小孩子坐在板凳上，年輕的我正替他換藥。

我本來滿懷期待見到可愛的小小夕，沒想到會是這段，急忙說道：「阿夕傷好之後就很可愛了，這段不要播啦，阿夕他現在那麼帥，記得好的就好了。」

「抱歉，不能快轉。」小玄子簡略說明。他們收起之前嬉笑怒罵的樣子，全神關注於阿夕當時的傷勢。

影片裡的我自言自語今晚要吃什麼、要去哪個公園散步，小小夕只是歪著身子，槁木死灰，沒有任何反應。

「沒事了，寶貝，媽媽在這裡。」

「妳不是我母親……」

我把他小小的手握在掌心裡，試著溫暖他的血液。

「小夕，我說是就是，你是我的小孩，我是你的媽媽，咱們母子倆會永遠、永遠在一起，不離不棄。」

我抱著他睡覺。畫面一跳，阿夕已經十歲了，我們兩個同時從床上跳起，上班和上課要遲到了，兩個鬧鐘怎麼沒響？原來一個被我打掉，一個被小夕關了。

我一把脫下睡衣，趕緊換上套裝。媽媽我還在穿褲襪的時候，阿夕已經裝扮整齊，揹著書包要出門了。

「小夕呀，幫幫媽咪——」兒子救我！

小夕老成地嘆口氣，爲我整理好提包，我化妝，他在背後梳理我的亂髮，就這樣，手牽手一起出門去。

再來又切換到阿夕十五歲，穿著筆挺的國中制服，剛到家就見到癱死在沙發上的我，青澀俊臉上滿是無奈。他脫下外套，又是掃地又是收衣服，等一下還要煮點麵食填肚子。

「夕夕，你看媽媽買了什麼給你當生日禮物！」

「一定又是沒營養的垃圾。」阿夕嘴角浮現溫柔的笑意，但嘴巴卻非常狠毒。

「答啦，精選A片！」我從沙發底下捧出一個大禮物盒，裡面全是租片行老闆推薦的精品。

阿夕完全不理我，逕自去下麵。過了十來分鐘，我尋著香味湊到餐桌上，還不放棄成人教育。

「人家爸爸也是這樣教兒子，我只是想慶祝兒子長得又高又帥而已！」年輕的我和現在的我還眞是相差無幾呢！

「媽，那裡頭全是錯誤的觀念。」

「這樣啊……」我心有不甘地扭動起身軀，被阿夕唸。「那你有什麼問題，媽媽都會教你，不要客氣。」

阿夕頓了下，看向不知死活的我。

「媽，妳今年三十五歲，相親帖子達到新高。」阿夕話題一轉，跳到全公司最熱門的賭盤上——年底前，林之萍究竟會不會嫁出去呢？

「你老母寶刀未老，見識到了吧！」

「聽說女人過三十五歲要嫁人就會變得很不容易，對象都是人家挑剩的。」

我是有點心急，但還不到一定要銷售出去的程度。

「媽，不要嫁給別人，我會照顧妳。」

「今夕，媽媽就算結了婚也不會拋下你。」

「我不要把妳讓給任何人！」阿夕有些激動，青春期的孩子總是比較不穩定，而我這個穩定到快熟透的大人就要展現成人風範。

「好，不嫁人，媽媽就在家裡陪我的小夕夕。」

就等到我對他變得不重要的那時候，再另尋出路好了。

那時候的我還不明白阿夕的生母就是為了想要擁有婚姻而扼殺掉他的存在，我只是不想傷他的心……

畫面再度轉換，阿夕十八歲，小草他們低叫，大家都認出這個場景是他們畢業演唱會的舞台。應該不是我的錯覺，總覺得我這個媽媽的部分已經超過他們加總起來的放映時間。

小玄子示意沒有問題，因為在場的人當中，我對林今夕的思念就是無法間斷。

一年多前的我像個變態埋頭往女學生裙子下鑽才勉強進到體育場，離表演台好遠，不過正對主唱阿夕所站的位置。和平時的他截然不同，阿夕摘了眼鏡、染了頭髮，一登場就攫住眾人的目光，耀眼動人。

他開嗓那瞬間，我的心也跟著懸空半秒，然後「嗙！」，世界被他的喉嚨炸開，再也聽不見其他聲音，除了看他、傾聽他，所有生理功能全部當機。

當歌聲靜下，樂器間奏時間，就是粉絲尖叫的時候。

林今夕，我愛你！

我嘶啞喊著，原本以為小女生這麼多，混在一起不會被發現，但台上的主唱大人卻突然摔了麥克風。

阿夕四處搜索台下的人頭，我趕緊蹲下來，螢光棒往胸前塞去。

他認得我的聲音，在擠滿萬人的體育館裡，像幼年和我走失那般，著急張望。

我透過騷動的人群看他，想要違背小草他們的交代，穿越人海，跳上台抱緊他，但是我卻躲成一隻小毛蟲，直到他放棄尋找我的蹤跡。這樣就好，我只要記得說出口，盡情給予，這樣就可以了。

或許這種作法讓阿夕不太高興，所以他就消失給我看，讓我感受一下什麼是找不到人的慌亂，而我也真切收受到魔王陛下賜予的報應，闔眼也都是他的身影。

影片結束，面對一片死寂，我先笑出聲，讓大家輕鬆點。

「嘿嘿，我家夕夕好帥。」

「就某方面說來，今天最糟糕的就是妳了。」小玄子的感想獲得在場人士一致贊同，林阿姨無從辯解。

那一小苗的火突然竄了三尺高，幾乎要燒到般若羅若羅道觀的屋頂，火收斂住，但光芒卻透出窗外，筆直射向東方遠處的山頭。

「上！」

小草他們收拾行囊，雨鞋和巧克力都帶了，小玄子在每人手中發了竹杖，看樣子是想徒步走過去。

「之萍姊，陛下交給我們，小殿下就交給妳了！」

我接過熊寶貝，小玄子特別交代我不要張揚，這樣他就可以瞞著他師父到明天早上。

我也想去呀，不要扔下中年婦女！

「今夕陛下有我們這些屬下，但白仙就只有妳了啊！」

小草的話命中紅心，讓我呆站在道觀門口，目送他們遠去。

我向阿夕承諾過不離不棄，但我也對小七做了保證。身為家人、身為母親，當他們身陷危難，我一定要到最前線，帶他們回家。

但我現在卻對他們其中一個食言了，爲什麼人不能分身呢？我可以分給分身一半抱兔子的時間，請她去找阿夕。

果然是太貪心了，左抓右拉的下場只會左支右絀，胸口被撕裂成兩半，痛得半死。

唐二喊住我，隨後將我撲倒在地。

絕不是因爲什麼害羞的原因，而是敵人殺上山了。

黑道和法師，他們派出拿槍的黑道，這到底算不算中大獎？

子彈射破羅家大門，玻璃門碎了一地。唐二把我壓在身下，然後從西裝內口袋掏出短式手槍，現在僅有一根水泥門杜護著我們。

這位大哥，你竟然隨身帶了這種東西，小萍子這一路冒犯，請別計較。

唐二探出身子，往柚子果園射了一槍，隨即傳來男人的悶哼。乖乖，神槍手一名，在能見度這麼低的深夜命中目標，眞是實力堅強。

「還剩下三個人（咦，意思是那個被滅口了嗎？），他們用瞎子養的那隻鬼來追我們。要是它用鬼術對付我，場面會變得相當棘手。」

「那我把鬼引走，三個人類讓你對付，西部牛仔。」

唐二皺了眉，不太同意我的分工合作條例。但是我有一種吸引妖魔鬼怪的體質，也因此成功釣到兩個兒子。要是我卸下防備，它說不定就會聞香而來。

不一會，就到我們抉擇的時候。恕我眼拙，我看到的鬼都是一抹黑影，它是方形的，像是邊緣被魚咬爛的網子。果園裡衝出三個持槍男人，黑影過去包裹住其中最壯碩的一個，那個被選中的人立刻兩眼發白，抓著槍就往我們這邊殺過來，唐二射穿他兩個血洞也沒制止他粗暴的行動。

眼看唐二就要支撐不住，翻白眼的男人從唐二身下把我拖出來，用詭異的表情貼近我的臉。

「妳好漂亮……」

「謝謝。」林之萍無論何時何地都得保持仕女的風度。

唐二翻身而起，賞了男人一記凶狠的上踢，踢凹對方好好的鼻子，把我搶救回來。

「妳爲什麼連積惡已久的大鬼都能勾引！」

我回眸一笑，不顧唐二的好意，反抱住那個翻白眼的男人。那隻鬼受不了誘惑，離開那個大老粗，到我這個雪嫩嫩的中年婦女身上。

被附身的感覺有點噁心，但還過得去。

「妳瘋了是不是！」

「嘿，兒子們常這麼說我。」我咬緊牙關，往屋裡跑，把大麻煩帶離唐二身邊。沒辦法，男主外，女主內。

我一到室內就摔了個狗吃屎，身體好重，好像被人掐住氣管，呼吸不了。

「妳好漂亮……」陰鬼在我身上喃喃不止。

擁抱分很多種，但我特別不喜歡背後來的方式，可是以前龐世傑最愛來這招，討厭死了！

我攤開緊握的右手掌心，亮出小七給我的兔子白光。受到白光照射，鬼影發出刺耳的呼嚎。

小七就算不在身邊，還是保護著他的兔子老母，逼得我快要想死他了。你們這群混帳，竟敢動我的寶貝！

就在我和黑影拉鋸的時候，從內室響起沉如鐘鼓的腳步聲。當我勉強找回焦距，羅師父正一掌打在我胸口上，怒睜的雙眼和倒豎的濃眉取代了原本溫厚的面容。

我流下一條鼻血，有點像上上次住院小七說什麼陰陽失調的感覺，身體找不到平衡的溫度。

「撐住！」羅師父大喝一聲，我盡量把注意力轉移到在我胸上的那隻大手……不行，太微妙了，難以專心。

雖然不清楚大鬼的來歷，但它能把活人體內的靈魂取而代之，一定不簡單。

「竟然到我白派地盤上來撒野！」

白派？聽來和小七上輩子的師門同名，不過羅師父和小玄子都穿黑袍，和兔子的形象不太一樣。

「陽世不是給陰魂囂張的地方，給我速速退去，否則休怪我不客氣！」

羅師父右手覆在我胸前，左手開始結印，然後重重壓向我左肩，以我肩膀爲支點，硬是把我石化的身體轉了一百八十度。

鬼攀在我背上，所以羅師父此刻和大鬼正面相對。我想看人鬼之間的對決，但又不好意思在這麼危急的時間點轉頭。

「林小姐，請妳心無雜念。」

我繃著臉點頭，拚了命地想兔子。

可能是由於白光金鐘罩護體，大鬼怎麼也進不了我的中樞，只能依附在皮毛上，因而抑制了它的行動。而羅師父開始吟咒，低沉的、不似人的語言，我感到背後的鬼慌張起來。

「再說一次，這裡不是你該待的地方！」

羅師父似乎有意放鬼一馬，但鬼掙扎一陣，大概認定這裡就一個農夫兼職的道士，決定繼續作惡。

「林小姐，冒犯了。」

我還沒做好心理準備，羅師父就架住我後腦，從後領徒手撕開我的襯衫，這件衣服質料很好，特賣會才買得下手的，可見他的力道有多大。

衣服被他扒掉後，我的身體絕對減輕了不只一件衣服的重量，頓時整個人輕鬆起來。羅師父示意我退下，神情無比肅穆，我不敢搗亂，趕緊找張桌子躲到底下。

羅師父懸空摺起我那件破衣服，一摺就一聲鬼哭；再摺，鬼影已破碎不成形；三摺，黑影發出油鍋的「滋滋」聲響；第四摺，整間房鴉雀無聲。

他在我的白襯衫吹口氣，瞬間，衣服灼燒起來，沒多久就成了灰燼。

羅師父脫下自己的黑長袍，遞給桌子底下的我。我小心翼翼問他可以出來了嗎？他才出聲答應。

「鬼消失了嗎？」

「我立了一個純粹的場，只有存和亡兩種選擇，我判定它是錯誤，讓法則把多餘的它抹煞掉。」

不同門派對道法有不同的解釋，羅師父的話和小七說過的像是同一個調調，可是一隻黑一隻穿白兔裝，而且小七說過，他的師門到三百年前他這代就滅絕了。當時有個白目仔要為人民殉身，他既然發現了，就沒辦法不去救，死得那麼倉促，沒留下任何延續白派香火的弟子。

「子玄他們出去了？」羅師父望向窗外的黑夜，沒發現我拚命向他眨眼，好吧，現在也不是探討兔子教源頭的時機。

「抱歉，是我同意他們去的。」我愛亂來，不代表人家家長也會放心讓小孩子在半夜亂跑。

「沒事，就算我攔著，他也沒聽過我的話。」羅師父神情有些落寞。「他們那群小娃有著同樣的氣息，不像這世上的人。」

「但總是你的小徒弟。」同樣的道理，阿夕怎麼說都是我的心肝。

羅師父很快就想到在外奮戰的唐二，他從內室提了把大木刀出來，要去助陣。

「你們等會再告訴我事情的來龍去脈。」

羅師父開了大門，唐二剛好側身閃入房中，俐落地將手槍換到左手，對黑夜中的紅色亮點射擊出去，一氣呵成，我爲他鼓掌。

兩個歹徒似乎耗光彈藥，想憑粗勇的肉體闖入民宅卻被羅師父各賞一記刀背，「啪啪」，昏死在地。

「有線索了。」唐二抓了比較瘦小的男子，帶著就往狗狗車走去。

「兄弟，要幫忙嗎？」羅師父抓著木刀，豪氣干雲地問道。

萍水相逢，只爲一個惺惺相惜的「義」字，這就是男人間的友情。

一天前的唐二會冷淡拒絕，但他對人類有了相對深入了解之後，對於「人情」這種東西也能接受了吧？

「來吧，現在可是分秒必爭！」唐二向我們招手。

我們上了車，犯人被放倒在副駕駛座，我和羅師父坐後座，粗略和他說了綁架案的事。羅師父大呼「可恨」，有小孩的人最痛恨歹徒對小孩子動手。

唐二用礦泉水潑醒昏迷的犯人，犯人一時之間還沒意識到自己成了人質。

「你叫什麼？」

瘦子不說話，唐二直接往他臉上卯了一拳。黑社會的作風就是不一樣。

「阿狗。」他眼眶凹下，眼神渾濁，口氣有股散不去的臭味。

「啊，我兒子以前也叫這名字，一點也不可愛……好，我閉嘴。」小二哥、羅大哥，何必瞪我？

阿狗很不配合，本來以爲手到擒來，卻反被捆成肉粽。

「你們把人關在哪裡？」

阿狗嘻笑兩聲，他的態度就和老瞎子一樣，令人胸口發冷。

「放到棺材裡啦，有隻小狗緊追著我們不放，汪汪汪，也被我們丟到海裡陪葬啦！」

這次不等唐二出手，羅師父那把大刀又劈了阿狗一記，我也想要打斷他的牙齒。

「丟在哪裡？」唐二勒緊阿狗的衣領。

阿狗還是嘻皮笑臉。

「給我哈一口就告訴你……噗！」唐二卯了阿狗的門牙一拳，打得自己手都流血，但他已經急得忘了痛。

「哈完了，說，丟到哪裡！」

「一個小漁港，旁邊都是走私的工廠，蚵仔都死光了！」阿狗的腦子不太清楚，也不是真心想讓我們找到。

我盡量不去想什麼棺材、落海、陪葬，只是從今天我們走過的濱海道路去回想有沒有符合描述的地點。破落的小漁船、隱蔽的工廠和廢棄蚵架，似乎有相符的畫面，賓果啦！

「小二哥，你還記得那個特別臭、我發誓絕對不吃這邊海產的那片海域嗎？」

唐二推了下墨鏡，也記起我所說的地點，油門一踩，急駛而行。今天下午果然沒有白跑一趟。

阿狗顯得侷促不安，手腳都在發抖。

「我跟你們說，那裡鬧鬼喔！」

「他有碰毒品，別理他。」唐二壓住阿狗涎笑的臉，不讓他盯著我鬆垮衣袍下的胸。

「晚上我値夜都會看到海上一片白，就像那個被我們連射打下海的小子，他也穿白衣服。我們團裡的法師都不敢跟他交手，只好靠我們這群勇敢的車手把他『bang bang』掉，嘻嘻！」

唐二想把鞋子塞到阿狗嘴裡，我示意讓他說下去。對於這種超越現代科學的事，這類精神錯亂的人說話不會隱瞞，反而更接近眞相。

我逼問唐二不忍問的事情：「你們爲什麼要把那個女孩裝在棺材裡丟下海？」

「他們（術士）說那個小女生很珍貴，也不讓我們玩一玩過癮，我敢保證她還是處女，摸起來好嫩。他們說我們不懂，那個黑色鐵箱可以讓靈魂離不開死亡的肉體，永世不得超生。」

唐二的臉刷成青色，我們叫他放手揍，他也眞的狠狠扁了阿狗，扭斷那雙輕薄過小糖果的手。

「那些法師把她的背縫在箱子內層，她都沒有哭喔！」阿狗還恍惚說著他們殘忍的行徑，嗤嗤笑著。「明明臉不是特別漂亮，可是我蓋箱子的時候，她抬頭看了我一眼，那一眼讓我好喜歡，眞應該上她一次才對。」

唐二把拳頭握出血來，那可是他最寶貝的妹妹啊！

「什麼時候扔的？」我努力再盤問幾句，不讓負面情緒掌控住。

「五天前啊，抓到當天就丟下去了。你們要去打撈屍體嗎？哈哈！」

讓我想想，可是這社會好像沒教我該怎麼對付惡人，害我腦袋糊成小米粥，卻不知道怎麼發洩這口想要咆哮的怒火。

「那個白衣少年又是怎麼回事？」

「哦，他原本追到我們車子還很囂張，那些法師在那個女的身上下咒，他敢動一下就讓她痛一下，給我們打著玩，消失又出現，怎麼弄都甩不掉。後來我們拐他說要把小女生還他，才成功把他撞進海裡，還補了三槍，不死才怪！」

「不會死！」我到極限了，也該是還嘴的時候。

「死了！」

「不會，他可是神子，才不會死掉！」

羅師父按住我，冷靜和自律已經壓抑不住我緊繃到極點的神經。他竟然說我的孩子死了，這種天大的謊言也說得出來，可惡至極。

老王總愛唸我終有一天會被我的寶貝搞瘋，光是保住一個阿夕就耗盡我人生最精華的時光，如果再加上一個小七，最終一定會貪心不著蝕把米。

「你們沒有親眼見證兩人死亡，他們就還活著。這麼基本的科學原則你懂不懂啊！」

西海岸屬於淺海地形，水深不過百尺，如果鄰近灘地，那又更淺一些，水壓不會絕對致死。而且小七常和小熊在浴室玩閉氣遊戲，每次都贏，他還說自己爲了找師門哥哥，潛過陰間不見底的忘川河，是兔子界的潛水高手，不會有事的。

「自欺欺人！」阿狗嘲笑我的愚蠢。

「活要見人，死要見屍！」唐二握緊方向盤，從濱海道路的斜坡草叢直接駛向沙地。

就說小七不會死，還一直說，我要哭了！

凌晨時分，沙灘上只有不斷湧來的潮水，黑漆的海面因爲我的心理作用，讓人非常不舒服。

我家的小白兔就在這片海裡嗎？這不對呀，哪有兔子在水裡，應該在林家牧場蹦蹦跳跳才對。

唐二揪住阿狗下車，要他指認丟下箱子的位置。阿狗卻開始抽搐，兩眼翻白，口吐白沫，任憑我們怎麼追問，他再也沒辦法說話，幾近死亡般昏厥過去。

羅師父檢查阿狗的身體，發現他被下了咒。要是時間到了沒回去覆命，對方便會封口，保住祕密。

「該死！」唐二踢飛一攤沙。

正當我彷徨無助、想不出下一步該怎麼走時，手機響了，這次的鈴聲是「大姊、大姊，我跟妳說，蘇老師他……」，所以是蘇老師打來的電話。

「這裡是悲傷的兔子老母。」小七生死未卜，我忍不住喉頭的嗚嗚。

「林之萍！」

唉唉，怎麼又是老王呢？

「仔細聽著！阿晶，電話通了，你快說。」

接下來這個才是氣質教師，愛兔協會的小晶晶。

「夫人，我在……他們上面……有艘漁船……」

「漁船，快！」我朝身旁兩個男人大喊，唐二立刻開了車頭燈。大約離海岸兩百公尺外，有艘老舊的小船停在那裡隨波擺動，但始終在同一處，沒有燈火，船上也沒有人影，非常不尋常。

唐二叫我們上車，羅師父詢問該如何橫渡這片海水，他還不曉得這是會飛的狗狗車。

等車子飄浮起來，我著實聽見羅師父低叫著不可思議。狗狗前輪已經接觸到水面，把海面當溜冰場，疾速接近小漁船。

等再靠近一些，我才隱約見到有人站在船上，但那人影幾乎要溶入夜色，讓我不確定到底是不是錯覺。

「是被供奉的英靈。」羅師父判斷出人影的身分，這樣我就明白了，如果他右腳剛好有點拐，那百分之百是鄭王爺。

我們急煞在漁船旁，我開了車門，急忙上了船。

比起稍早襲擊我們的大鬼，鄭王爺的輪廓很不清楚，身爲好鬼卻只剩一抹淡影，快要消失似地。他撐著長劍，半跪在船板上，盡全力讓我「看見」，要把消息轉達給我。

他將劍抽起，比向船頭那條垂下海裡的纜線。我馬上領會他的意思，動手想把繩索另一端的東西從海裡頭拉上來。沒想到卻是那麼重，不是人力可以應付，那些人八成把可以捲線的馬達給帶走了。

鄭王爺拖著一隻傷腿，從身側緊抱住我，頓時，我的身體和意識分離開來，「我」只是彎下腰轉動纜線的轉盤把手，什麼也不想，我能感受每一絲肌肉的氣力被消耗殆盡，雙手沉得幾乎要脫離肩膀。

羅師父也上了船，注視我一會，決定到我左邊，抓住另一邊的手把，合力轉動沉重的線圈。

不久之後唐二也過來補位，徒手抓著纜線的一頭。繩索上升速度很慢，唐二的手已經磨出血來，我們卻不肯停下半分。

突然，身後大片亮光照來，三艘船並排駛來，我看不到對方的臉，只看得見亮晃晃的黑色長管槍。

天殺的，我忘了報警。

水面下，似乎有個方形巨物離我們越來越近：同樣地，歹徒和我們的距離也是。

老天保佑，再一下，再多給我們一點時間，那兩個孩子一定還活著！

終於，黑色鐵箱的一端冒出水面，唐二不顧手上的傷，把手伸到海水裡，抓住綁在箱子上的線頭，我和羅師父繼續轉動纜線，半個箱子在船上了，但追來的歹徒也上了這艘老漁船。

「不准動！」

三根槍管對準我們三個，我和羅師父緊抓著纜線手把，而唐二即使挨了一槍，鮮血從肩膀汩汩流出，還是拚了命地用濕漉漉的身體把黑箱子抱上來。

「女人，手放在後頭，過來！」

我兩隻手都快脫臼了，你們這些沒良心的還叫老娘把手抬高，這不是要我提早面對五十肩嗎？

羅師父想護著我，他們卻射穿他的大腿。

「各位好大哥，請聽小女子一言……」

他們直接賞我顆子彈，從臉頰劃過，好樣的。

我捂著刺痛的右頰，繼續陪笑臉。天色濛濛亮起，我細數敵營人馬。前面三個帶槍的，後面七個沒拿武器，也不注意我的美色，只是死盯著我身後的黑箱子。那七個應該是玩戲法的，而不是黑社會。

「請你們高抬貴手，我不想死啊，我什麼都能做，只要你們放過我們！」我特意挺起胸膛，扭了兩下腰，三個槍手不禁動搖。

「這件事不能外洩，殺掉！」馬戲團七人組中，紅布蒙臉的團長下了封口令。另外六個橙黃綠藍靛紫彩虹屬下也跟著點頭。

天空又亮了些，其實我還挺喜歡這時候的天，天空的黑與白混在一塊，人生就是把種種的好拿一點點堆成城堡，當心在回憶中遊走，每一步都有驚喜。壁壘分明太累，難得糊塗，難得喜樂。

當三根槍管同時對我胸口開火，我只慶幸不用去開後頭的黑箱子，不用到羅難者的山林中招魂，可以一直編著夢，我那兩個寶貝只是出去旅行，才會沒有回家……

「大姊！」

我微偏過臉，怎麼會聽到兔子在叫我？太像我這六天來的白日夢了。

三顆銀彈齊齊停在我胸前，靜止半秒後，掉落下來，我毫髮無傷，但腦子轉不過來。

小七全身沾滿血污，左手扶抱著昏迷的小糖果，黑箱子的鎖頭被砸出一個大窟窿。

七個彩虹術士一見到小七，大驚失色。

小七從胸口的金鍊抽出銀白大刀，在清晨的海面上亮起一片純粹的白光。

「你們難道以爲這世上沒有神了嗎！」

小七嘶啞吶喊著，右手舉刀往前劈下，海面立刻颳起颶風，刹那把三艘漁船颳成碎片。持槍的黑道分子全落了海，但彩虹團法師還站在破碎的船板上，七人排開陣形，想要用多人戰術欺負一個小男生。

小七卻連眉角也沒抬半下，把小糖果交給唐二保管。

「她的後背受了重創，我只勉強止了血，要快點消毒處理。」小七微聲說道，站也站不穩，臉色比在場任何人都要來得青慘。

然後，不給我說話的機會，小七一把躍下船尾，踩在波光閃動的海水上，半塊木板都不用，握著刀，獨自對上彩虹團，一打七。

小七臉上沒有任何表情，平靜得像無風的海，我不敢叫他。

七人團隊已經各就各位，排成勺子狀，同時拎起和自己面罩同色的鈴鐺，清脆作響。但鈴鐺聲很快被截斷，我從來沒聽過音波是這樣傳送，一段連續的旋律消失又出現。彩虹團也有著和我一樣的困惑，看他們每張臉都望向團長，就知道這個現象有多不尋常。

但團長還想硬拗，不顧詭異的場面，對小七大喊：「奪魂！」

小七抬起右手，遮了下右耳。接著，比鈴鐺聲百倍大了的鐘鼓滔天巨響朝敵方震回去，他們即使摀緊耳朵，聲音還是把他們炸得叫痛。反觀小七身後的我們，只感受那股波濤而沒有半分損害。

「繼續。」小七淡然出聲，幾個術士嚇得掉下法器。「我會讓你們明白自己的行徑有多愚昧——我和你們之間的差距、神和凡人之間的距離，再出手。」

小七總是否認他相對「高貴」的身分，他知道修道之人要追求的境界是什麼，但那些卻不是他眞正想要的東西。他想要的是一個暖和和的家、好吃的飯菜以及愛他的人。他應該是這麼柔軟的孩子才對。

紅面團長從懷裡拿起一把銅鏽色古刀，劃開他的手腕，把血贈予大海。

「這是要做什麼？」我撕下衣襬一角，給唐二和羅師父包紮。

「以前淺海多海蛇，他要喚來古時候的蛇靈。」羅師父說，我倒抽口氣，記得以前看過一些自然節目，有的蛇能一口把兔子吞進肚子裡，我的小七兔。

「他既然說快點，爲什麼不快點宰光他們！」唐二抱著小糖果，心急如焚。

小糖果背後布滿血痕，有幾塊皮幾乎要脫落下來，我撕了黑袍下襬給她蓋上，擦乾淨她臉上的血污。

「小七他……」我沒再說下去，專注看著七仙如何應付紅術士施展的法術。

數十條黑白相間的海蛇從水底竄出，張開毒牙就要撲向小七，小七只是轉動金鍊，讓他和其中一個術士的位置對調。被調換的紫色術士尖叫一聲，被海蛇緊緊咬住頭顱，沒多久便傷重落海。

小七深入敵營，造成他們一陣慌亂，他沒有發動攻擊，只是再次把自己和紫面術士的位置交換回來，回到我們所在的漁船前。

他微微垂下雙手，不一會又提刀臨敵。我仔細一看他的手腕處，有兩道刀傷，離動脈很近，血流個不停。

我家的兔子，大概連拿刀的力氣都沒有了，只是死撐著。

「右邊！」羅師父倏地大喊。

我什麼也沒看到，小七只是闔上眼，跨前一步，揮刀斬下，鮮血濺出，靛色面罩的術士才現形出來，往後沉下大海。

小七身上的血更多了，我不明白，爲什麼要一個孩子來面對這種事？

「你要和公會爲敵嗎？」紅色隊長叫囂著，他們又想到新方法對付小七。「我們是爲了讓這個世界更好，你們應該爲我們貢獻力量！」

「張大哥的公會才不是這樣。」小七在嘴邊喃喃一句，帶著無盡的疲倦。「你們敢逆天橫行，只因爲痛的不是你們。習道之士只是比常人更接近大道一些，本質還是人類。妄想脫離生死束縛而犯下大忌，天地不容！」

紅色隊長大笑，而其他術士聽了，有些瑟縮起來。

「天算什麼？我的意思就是天意！」

「天無意，地無心，人本萬物，芻狗螻蟻。」小七低吟出聲。我身旁的羅師父猛然一震，訝異望著佇立在海面的白衣少年。

我不知道該怎麼形容，我們所處的這片海域看起來還是海，但已經不是剛才的海。那些人沒有發覺，因爲小七沒有唸咒，也沒有把刀揮來揮去，他大部分時間就只是站在那裡，看著這個世間，又不似看著。

「水祭！」藍色的術士叫道，把手舉向天頂。

海水以藍術者爲中心，順時針旋出巨大的漩渦，就要擴張到小七腳下，卻在接觸的那瞬間平息下來。

「他們幾乎不用儀式就能施展法咒，絕非尋常人物。」羅師父給彩虹團員上等牛肉的評價，但當他把目光轉回小七身上，卻說不出一個字。

如果他們已是這時代頂尖的道者，那小七的存在又是什麼？

綠色術者摘下面罩，他已經是個六十多歲的老者了，看著小七就像看著一道鮮嫩的兔肉，垂涎三尺。

「大姊——」

小白兔表示抗議，我怎麼知道隔了一段，兔子耳朵還聽得到我的內心話？

「忍住妳污染海洋的垃圾話，我現在不能分心。」小七背對著我，背影是如此肅穆。

我好懷念小七的吐嘈，一聽不禁熱淚盈眶。

「咕唧咕唧！」

「兔子叫也不行！」

我心情輕鬆不少，可以定下心來觀看特異功能大戰，還有幫小七加油。

「兔子兔子兔兔七——兔七兔！兔兔七！」

「大姊，士別三日，妳還是聽不懂人話！」小七強大的氣場縮了縮，用那雙憤怒但一點也不可怕的異色眼珠回頭瞪著我，變回可愛的十七歲小男生。

這一刻，我多想碰碰他。可是天不從人願，綠色的老術士從腰包拿出一尊木偶。木頭比水輕，可以在水上奔跑，動作非常迅速，而且即使小七側身砍中木偶一刀，它還是有辦法從口中吐出飛箭。

「竟然有幾乎失傳的機關術。」羅師父大呼不可思議。

「羅桑，你怎麼可以讚賞敵人！」咱們可是同艘船上的兔子應援團，休長他人志氣、滅自己威風。

「啊，抱歉。」

回到戰場上，小七反手收刀，空出雙手，站定馬步，右掌直擊木偶左肩關節。原本靈活的木頭身體，被拍了這麼一掌，重心有些歪斜，小七趁機各個擊破木偶肢體的連接點。木偶被小七肢解成六個部分，當最後的頭部落了海，代表綠色的老術士同時倒下。

照順序，下一個是黃色挑戰者。

「敢問你使出幾成法力？」

「我不想動用神祇的力量。」小七絕無半點浮誇。

「那我告辭了，天宮那邊你們自己去解釋。」黃面術士轉身，離開海面，從海岸走上濱海道路。紅色隊長破口大罵也挽回不了隊員的心，沒多久黃色術士就被急駛而來的計程車接走。

橘色術士不知所措地看向紅色隊長，局面從七對一到二對一，而且兔子太威了，就算對方人多勝算也不大。

「他只是虛張聲勢！」紅色隊長堅持著，陰狠瞪視著年輕貌美的小七。

橘色術士畏畏縮縮拿出一束像是沖天炮的竹串，往天空發射出去。

「趴下！」小七大喊完，返身跳上我們所在的破船，踩著突起的船尾，全力往我們上空躍起。敵人射出的沖天炮，像流星雨直朝我們墜下，先接觸到海面的部分炸出火光，濺射出海水。

小七提刀斬開任何會傷害我們的危險竹串，而大增自己和爆竹碰觸的機會，即使他的身手再矯健，衣服還是免不了被炸破幾塊，我還聞見皮肉燒焦的味道。

我緊抓著羅師父，羅師父反握住我的手爲我安神，唐二抱著小糖果，抿緊唇。

小七用刀背打飛最後一枝插著小黑旗的沖天炮，那枝黑心爆竹不偏不倚飛落在橘色術士的頭上，「砰」地炸開，結束這一回合。

小七的手受了傷，下墜時不太能平衡，羅師父霍地站起身，大喊：「踩我的肩！」小七便順勢落腳在他肩頭，再一躍回去海上，繼續在前頭做我們的守護神兔。

最後也是最可惡的一個，紅色隊長把他的紅面罩掀至額上，露出獰笑的臉，又是一個超齡的中年男子。

「如我所料，你已經使不出法力了。」

小七沒什麼反應，紅術士的話比阿夕一個冷淡的眼神還不如。林家牧場最可怕的事莫過於惹大廚生氣了。

「你們就算殺了神，也不可能成爲神。」小七說了小學生都明白的道理。

但人年紀大了，反倒老眼昏花，該清楚的事卻被弄得混濁不清。

「用異世的靈魂煉成丹藥，可以增進千年的修行，我們『仙人』修煉遇上瓶頸，一定要突破人的界限才行。」紅色術士兩眼發紅，急迫想要奪回昏迷的小糖果。

「愚昧。」小七話中的悲哀大過指責。「丹鼎　派已經往現代華人醫學走去，謬誤受到時間修正。曾經掌握榮華的你們卻死守僵局，緊抓著不死的肉身，讓心死去。靈魂枯竭的當下，人與物已無多大區別，你們成了瓦礫與屎溺。」

「住口！被神選中的神子有什麼資格指責我們的心願！」

「你們傷害我的朋友和家人。」小七左手持刀，右手肘往後縮，做出一個拉滿弓弦的姿勢。「即使天原諒你們，我也不原諒！」

白色的光箭咻地射出，紅巾術士即使作勢要擋，箭羽依舊穿過他的手和鎧甲，貫穿胸口，隨後碎成一片亮光，和海水的粼粼波光相映著。

不知不覺，天已大亮。

然而這明亮的景象沒有維持多久，海面被撕開成兩半。一身大紅衣裳的艷麗少女從分開的海水上升到與小七同高，左右揮動她的水袖，拋出無數紅色線頭，那些失敗的術士和槍手全被紅色絲線捲入少女的袖口裡。

我抬頭望天，陰沉沉的，看不到太陽。

「阿七，在你建造的時空裡，怎麼可能打得贏你呢？都怪這些人眼睛不好，竟然都沒有發現你粗劣的陷阱。」紅綢姑娘捧著小巧臉蛋，笑臉吟吟望著臉色蒼白的小七。

「就算是現世，他們依舊贏不了我。」七仙篤定說道。

「但在你的世界卻能保證不讓他們受到傷害，不會有人死亡。呵呵，你就愛做多餘的事。時間恢復正常流動，那個女人的傷口又要惡化了，你要怎麼辦呢？」紅綢只用眼角瞄了一眼小糖果，但那一眼的狠毒卻夠讓我冷上一陣。

昏睡的小糖果開始冒出冷汗，不一會就浸濕衣裳，唐二撫著她的額頭，神情糾結。

「紅綢，妳給我讓開！」小七氣炸了，但紅鞋姑娘卻昂高頭，把我們視線所及的海岸線全用紅線封鎖住。

「那個神女對你就有這麼重要嗎？」

「我和妳之間從來沒有過男女之情。妳既然能修渡成仙，爲什麼非得執著於此？」

小七並不想傷害故交，但紅綢小姐的抽氣聲，卻像是受到刀割的痛處，從最軟嫩的心頭上劃開。

「你是神嘛，我這種卑微的人類，你看不入眼也是應該。」

「妳又要扭曲我的意思！」

很快地，紅鞋少女又抬起燦爛的笑臉，一如往常想要勾引小七入網。

「阿七，我們公會，不，我們無上天宮就快統治下界了，現在加入正是時候，我們宮主一定會賞你大位。」

「你們『仙人』混進公會，擾亂道界秩序，不知悔改還得寸進尺！」

「呵，公會早就被我們這些優秀的人類架空了。你再不加入，我們砲口下次就要對準

『神子』囉！」

「你們再視人命爲草芥，視天地爲無物，毀滅是遲早的事！」

「好怕喔，你要來殺我嗎？」

「如果有其必要。」

「雖然我能不死，但我並不怕死，我只怕死得不值得。」紅綢姑娘搖曳身姿，踏過海水，走向小七，款款眼波只注視著他。「我死之前，一定會毀去你所有重要的東西，讓你再嚐嚐滅門的痛楚，白仙大人。」

小七毫不猶豫地從中劈開紅鞋少女的笑臉，沒有血花，只有一只磨損的繡花鞋。我叫了聲「兔子」，小七才轉身回到船上，手心聚起白光，把光壓進小糖果胸口，小糖果的冷汗總算停止下來。

「快帶她到醫院，我暫時無法空間移動。」小七虛弱地說。

唐二話不多說，把小糖果小心放上車子後座。羅師父大腿中彈，也要趕快處理，被我推到副駕駛座上。

「大姊，妳照顧她，我等一下會自己過去。」小七孤伶伶站在破船上，叫我們快走。

「你的傷口比我們加起來的還多！」羅師父就要下車，把位子讓給小七。

小七虛弱地走到車旁，把我裝進後車座，再伸手推了車尾一把。

「我習慣了，不會很痛。」小七輕聲回了一句。

狗狗車像是受到大風推進，眨眼間來到海岸。唐二再也顧不得什麼，直往鄰近的醫院開去，相信小糖果一定能及時得到救治。

而我跳車了，因為脫力沒踩到船板，差一點就掉進海裡。

「大姊，妳又在幹蠢事！」小七把險險落海的我拉回船上，氣得半死。

我把肝腸寸斷的熊寶貝祭出來擋住兔子的怒火，小熊已經哭得不成熊形。

「只會哭，一直哭，哭哭熊！」小七重重拍下熊寶貝的毛腦袋，熊熊放聲大哭，結果被敲得更用力了。

「寶貝，這些日子以來，你一定很辛苦吧？」

我的小兒子縱然威武蓋世，但悶在海水下的棺材裡五天，鐵打的兔子也撐不住。

「大姊，是我邀她一起去寫生，這是我的責任。」

「小七，媽媽沒有怪你呀。」

小七垂著頭，抓住我一塊破碎的衣角。

「那為什麼妳看起來很不開心？」

「因為寶貝受傷了，媽媽好心疼……嗚嗚……小七、小七……我的寶貝……」我再也克制不住，雙手緊擁住我的孩子，但是又不敢用力，把他當做民俗街賣的小糖人，放著總會被世間的蟲蟻欺凌，冰著又怕冷著他的心，只能小心端在手心裡。

我的臉貼緊他的耳畔，淚水把他的五官沾得一片濕。

小七也小心翼翼反抱緊我，我能感覺到他胸口的熱度。

「大姊，對不起，害妳擔心了。」

我只是發出不成聲的泣音，死也不想放手。

我們的船隨著潮水，漸漸靠向海灘。等我淚水乾了，船也靠了岸。小七早已筋疲力盡，旁人眼中強大非凡的神子就這麼安詳地靠在我懷裡，沉穩呼吸著。

六

等我用大拇指攔到順風車，揹著兔子到醫院門口，恰巧撞見某個拄著拐杖、身形修長、戴細框眼鏡的氣質教師。

「哎喲，這不是小晶晶嗎？真巧。」

蘇老師這個負心漢沒理我，連忙過來拉起兔子的爪子，又輕扳開兔子的臉，檢查小臉蛋小手手小腳腳，確認兔子只是在打盹，才鬆了口氣。

他掛著兩記熊貓眼，我也是，老師和家長對視，會心一笑。

「太好了……」蘇老師說完，身子一歪就昏倒在醫院大廳，引起不小的騷動。

老王來了電話，尖叫說他的小晶學弟幾個小時前接到學生受傷就醫的電話，從住院的醫院跑走，不見了。我安慰胖子，不用擔心，至少蘇老師現在躺進了另一間醫院。

我坐在等候室的長椅上，看著唐家大批黑衣人擁來。小糖果情況穩定下來，唐老爺前腳一進去探望，一堆自稱是她哥哥姊姊小叔阿姨的親人全部擠到高級病房裡。有人進就有人出，唐二就被那些自以為比他血濃於水的唐家人給趕出病房。

我還在和老王通電話，一邊招手請唐二過來。他看起來不太甘願，但還是挪動腳步走到林美人身邊。

另一邊，羅師父的大腿也包紮妥當，我又揮了一次手，溫和的羅師父拗不過我，也踱來我這個比其他空位舒適百倍的長椅。

和老王瞎扯一陣公司的事後，他話鋒一轉，有壞消息要說。

「妳那個混蛋大兒子不是有個前女友？」

「對呀，叫花花。」

「她是不是認識董事長的姪女？」

「對呀，是有個多重謀殺前科的好友。」

「有登山客目擊到她們兩個在一處名勝景點發生口角。那裡是塊三角平台，正好可以欣賞深谷峭壁的景致，可能是太吸引人了，也是著名的自殺勝地。」

「呵呵，包包，你好幽默！」

「就在她們跑去自殺勝地吵架的兩天前，才有個精神病患跳下去，妳認爲呢？」

我突然背脊發冷，無巧不成書。

「那個精神病患是女性對吧？」

「妳猜中了。因爲剛發生過那種事，所以最近加強山區管理，巡邏員才會特別注意到她們兩個上了山，卻沒有下山的紀錄。」

為什麼龐心綺要特別找花花去那邊「談心」？是因為那邊自殺風氣旺盛，多一個花樣年華、成長期曾有抑鬱經歷的女孩子也不稀奇嗎？

「於是管理處特別派人到觀景台再搜查一次，發現一部黑色一二五機車，車牌的持有人為『林今夕』，不覺得很熟悉嗎？」

「好熟悉喔，我大兒子也叫這個名字……唔啊啊，阿夕——」

「妳先別哭，又沒說他死了！」

「我才沒有哭，你不要亂說！」難怪老王今天一直用他不習慣的風趣語法，就怕我聽了崩潰。

「搜救隊今早已經出發。只是那一帶天候狀況不是很好，怕會拖延救援工作。」

「我明白了！」我站起身，準備託孤。

「妳明白什麼！林之萍，不准掛我電話！」

我把手機徹底關機，盡量在五十句以內和身旁兩名男性講述兔子和小熊的好，養了絕不吃虧。他們沒理我，反倒問起山難的事。

「那個山谷很深，底下是樹林，地勢又險峻，很危險。」羅師父也不說好聽話瞞我，人飢己飢，憂心忡忡。「我不能讓妳一個人冒險。」

「我可以載妳過去。」唐二挪了下墨鏡。

這種時候，我到底該說什麼來表示內心的感動？

「謝謝你們。」

□

熊寶貝留下來看顧小七，我們這三個體力透支的成年組又浩浩蕩蕩出發，在山路上顚簸前進。

其實我去了也不知道該怎麼辦，根據我看過的新聞報導，母親這個角色到案發地點多半幫不上搜救行動，只會哭個不停。

「活要見人，死要見屍。」唐二老話重提。

「不要亂說，阿夕才沒有死！」我揍了他沒受傷的肩膀兩下。

「阿萍，他在鬧妳。」羅師父好心爲撲克臉的唐二註解。

「這一點都不有趣！」竟然對心急如焚的老母落井下石，死沒良心。

「妳再說個故事好了，爲妳自己說。」

唐二提出要求，他正試著撫平我慌亂的心。一想到阿夕很有可能墜落千尺深谷之中，我就無法思考。

可是無法思考就沒有幫助，我只能靠著這顆腦袋瓜把兒子找回來，不是嗎？

「很久很久以前，當世界還是混沌一片，能量和物質的界線不甚明顯，粒子四處亂竄，這種雜亂無章的空間很難形成智慧。」

我不太記得了，只依稀有個印象，這是個長篇故事，爺爺說了七天七夜，但我只有零星幾段的庫存。

「後來輕的物質往上飄，也吸引較乾淨的能量；重的物質往下沉降，累積不少暗得透不過光的反能量。上下兩邊逐漸有了分界，純淨的上界和渾濁的下界，這時，也誕生兩個雙生的靈識體，一同掌控這個新世界。」

當時爺爺說得口沫橫飛，一點也不像瀕死的病人，他說這個故事是他畢生最大成就。

我卻不孝地跟他說，我不喜歡。

爺爺沒罵我，他從來都捨不得責備我，只是溫柔地改口：他這輩子最值得驕傲的是可愛的孫女。

「久了，上下兩界越離越遠，雙生子中的弟弟於是提議：哥哥，讓我們一人管理一邊，立下一個期限，等時間到了，我們再交換轄區，這樣比較方便。大體而言，這確實是個好主意，可以在世界的兩端相互平衡，比老是東奔西跑好得多。但這時候，問題就來了，誰要去漂亮的上面？又是誰要到骯髒的下面？那個時候沒有周禮和孔子，不知道兄友弟恭的道德觀，也沒有孔融讓梨的典故可以參考。哥哥卻選了糟糕透頂的下界，讓弟弟統治上層。這就是鬼王和天帝的序章。」

唐二突然在坡度三十的地上緊急煞車，扭過頭，用墨鏡後的目光用力鞭打我這個褻瀆天神的人類。

「聖上是把罪大惡極的大神流放到下界，沒想到『祂』卻不知悔改，反而聚集一群惡徒，干預人間的管理。」

我不知道該不該提醒唐二小心洩露身分，但羅師父算自己人，應該沒關係。

「這只是故事啊，而且我爺爺多方考據的最終版是這個，你可以去找他老人家議論，不過他已經過世很久了。」

唐二恨恨地咬緊牙，八成是後悔做出這個爲我打氣、卻氣死他的提議。

爺爺對於「哥哥」的決定苦惱好久，推斷不出原因。我雖然沒有兄弟姊妹，但上一代有四個感情很好的參考對象——大伯不結婚是爲了要給我爸存聘金娶我媽，我爸又攢了一筆私房錢塞給姑姑當嫁妝，姑姑又典當奶奶留給她的金飾要給小叔出國留學。

所以說，答案是因爲「愛」吧？

又一個所以，我才不喜歡這故事的結局。

還沒機會多說，狗狗車已辛苦地爬坡到案發地點。這一片用竹籬圍起的平台約二十公尺見方，上頭有松樹形成的天然傘蓋，如果不知道這裡曾發生什麼事，景色真的不錯。

不錯到似曾相識，好像是阿夕出游某張照片的背景，一時間想不起來。

我沒有見到搜救隊，不知道是午間休息還是轉移到下一個定點了。阿夕的黑機車也不在，也好，不然看到東西我大概就哭出來了。

「阿萍，小心！」

這個已經來不及的提醒是……？

我離欄杆其實有段距離，但卻好像被好幾雙手用力推擠，一連倒退好幾步，腳跟絆到竹籬，整個人往後仰，我的視野瞬間落差好幾百尺，從對面的山頂到下面的深谷，唐二和羅師父都衝上來試圖抓住我，但他們的指尖只碰到我的衣襬，我就整個人墜了下去。

我一連撞上峭壁橫長出的灌木叢，像是小時候玩過的滾酒桶遊戲，被山壁上的樹枝拋著玩，到底之前，都算有趣。

「砰！」略痛，我還以為掉到海綿上，沒想到是一堆淤塞在石坑裡的落葉，就這麼剛好容納一個中年婦女。

我拍拍身上的灰，站起身，對眼前花草魚鳥、潺潺小溪大笑出聲。

林之萍，沒死。

那麼，阿夕，媽媽這就來救你了！

小萍同志回憶從前女童軍野外露營的要訣——只要掌握了水源，就掌握了林氏帝國的命脈。可是現在我身上只有一支解體的手機，儲備糧食（小七兔）不在身邊，老實說，情況並不樂觀。

我們大約在中午時分抵達觀景台。午後，雲層便聚集起來，山谷霧氣漸濃，我只能盡力呼喊兒子的名字，卻只得到回音。

途中我也試著尋找可食的山珍美味，但溪底沒有魚蝦，林子裡也沒見到野菜，眞是個不適合人類隱居的地方。

霧更濃了，而頭頂的亮光慢慢微弱。黑夜即將來臨，落單的林之萍無疑是野生動物的美食。

當日頭完全偏移到照不到山谷的斜角，四周陷入一種詭譎的昏暗，我的腳步已經虛浮，有些分不清楚東南西北，快要失去方位了。

突然，有人拍了我的肩膀，我沒多想便回頭，竟然是琳琳。

她慘白著一張臉，目光幽深，碰觸我的指頭是那麼冰冷，我略微退開半步，她看了我的反應，咯咯笑著。

「乾脆我就趁現在帶妳下去好了。」她飄浮般接近我，拉扯住我的手臂。

我怔了下，然後順勢抱緊她，想要化解她的寒冷。

「阿姨在這裡，沒事了。」

琳琳使勁推開我，即使她怒氣騰騰，臉上依然沒有血色。

「妳住口，就是因為有妳這種人，才會讓我感到卑劣！」琳琳撥了下髮尾，上頭沾了好多土。「林今夕喜歡好相處的女人，他的標準是妳，個性要比妳好有多困難，妳懂不懂！」

「沒這回事，我兒子總說我是智障和變態。」我燦然一笑，那些傷心的毒舌話語已經變得令人懷念。

林之萍除了騷擾自家小男生，並沒有什麼心理缺陷呀，為什麼要排擠我，不跟媽媽一起洗澡，寶貝們啊！

「妳不要沒來由抓著我摩蹭，我不是妳女兒！」琳琳大叫，而大嬸只是想從乾女兒身上獲得一點安慰。

「以後讓妳最可愛的那個小孩姓林吧？」

「想都別想！」琳琳好狠的心。「妳還沒發現嗎？我隨時可以要妳的命，我是鬼！」

「哈哈哈！」我只是忍不住笑出來，卻被琳琳打臉。「哇噗！」

「我們遇到山崩，只有葉素心沒被埋住。」琳琳緊盯著我，我知道她不是在開玩笑。

「短時間還能維持生前的樣子，但時間一久就會變回原形。眞正的我，可是非常嚇人的。」

「有角和翅膀嗎？」我只是問問，又被掐著脖子搖。

「並沒有！」琳琳咧出一口森然白牙。「妳也多少表現出一點恐懼和排斥啊，讓我把妳嚇得屁滾尿流，妳太難對付了！」

「我很害怕寂寞，要是讓我見到你們不會呼吸的身體，我一定會哭得很慘。可是至少妳還能在我面前說話，和原本的妳相差無幾，讓我安心不少。」

搜救隊沒到觀景台調查，可能是爲了先趕去處理小草他們的緊急事故。沒有耽擱到時間的話，格致他們很有機會救得回來。

琳琳聽了我的想法，整個人像是洩氣的皮球，幹勁全失。

「我們本來循著光線，要來找林今夕。但走到後來，指引我們的光消失了。羅子玄說我們意念不夠，在道場那裡能量能這麼強大多半是因爲妳的關係。少了妳，尋人的法咒幾乎失去效用。換句話說，妳愛林今夕比我們對林今夕的感情加總起來還要多上許多。」

「我很抱歉，要是我有跟上的話，你們就不會出事了。」

「這也未必，頂多增加一具掩埋的屍體。」琳琳撐著額頭，回想到不愉快的畫面。「我們之中眞的有叛徒，打算除掉在人世的十殿，以及我們最爲尊貴的主上。」

琳琳冷笑了聲，但笑容很快便黯淡下去。

「小琳過來，坐阿姨旁邊。」

我找到一根粗樹幹，平坦可坐。還聚起一些乾燥的落葉細枝，打算生點溫暖的營火，談天說地，一起渡過漫漫長夜。

琳琳僵持了一下，最後還是往我身邊窩著。

「陰魂對陽魄有害。」

「妳放心，我很健康，多來幾個都沒問題。」我揀了兩顆黑色石子，充當打火石。

「去死吧妳！」琳琳手指一彈，營火就燒起來，只是火的焰色偏灰，我大膽碰了碰，不會燙手。

「小琳，妳有沒有什麼遺憾？」

琳琳雙膝併攏，長髮垂在胸前，我不時摸著她的腦袋瓜，每個女孩都希望被人寵愛。

「我希望茵茵和心綺和好。」

她把淚水強忍在眼眶裡，不讓它們落下。

「我們從小一起長大。我們的社交圈裡大部分是未來要做某某夫人的大家閨秀，但是茵茵特別亮眼，心綺總有自己的主張。她們就算生在平常人家，那份光芒也不會消滅。我母親在我兩歲時就過世了，父親事業忙碌，沒時間陪我。每次我告訴他要去謝家和龐家玩，他就會把我的零錢袋裝滿，吩咐司機載我過去。」

因爲雙方家長也是世交，彼此信任。

「茵茵搬到新家後，和家裡關係變得很差。心綺提議乾脆我們三個從家裡出來外面住，自力更生。那時候，我們才十五歲。」

「妳爸爸會生氣吧？」

琳琳抱著膝蓋，不願意多談。

「結果我們三家父母聯合抵制我們，不給錢，凍結帳戶，想看我們能死撐到什麼時候。我們想要去打工，卻老是碰上心懷不軌的男人。茵和綺那時候都還是小女孩，不明白這個社會，有個模特兒經紀公司找上門，宣稱要栽培茵茵。」

琳琳又碰了碰額頭，痛苦地皺緊眉。

「她第一次去工作，就被強迫陪睡。她回家時哭花整張臉，卻不讓我們報警，只是從手提包裡拿出三十萬元。她一直覺得對不起我們，以爲只要能賺大錢，就能讓我們過舒服的生活。」

傻孩子。我不免感到一陣心酸。

「心綺隔天就把所有的錢花光，給茵茵買了最漂亮的衣服。她想到了新的掙錢辦法，就是出售茵茵的身體，客人由她選。這樣好像就變成談生意而不是賣春。茵茵答應了，假裝自己也玩得很高興。沒多久，連我爸都打電話來問我是不是還和謝家那個出來賣的女兒住在一起。」

怎麼沒有人來阻止她們？難道家長因爲孩子讓家裡蒙羞就不要了嗎？

「心綺說對的事，茵茵都不會懷疑，她們對彼此的信任讓心維持著一份莫名的天眞。直到有個殺千刀的混帳東西在茵茵身上玩出人命。茵茵懷孕了，那時她才十八歲。」

被墮下的孩子成了林家愛哭的寶貝熊。每次花花來訪，即使聽不見熊寶貝牙牙學語的聲音，也會和他玩上一陣子。

「之後，茵茵完全栽進泥裡，只有和我聊起往事時，眼神才會清明些。心綺發現自己錯了，可是她不敢承認。我以爲時間一久，心綺就會明白過去有多荒唐，會阻止茵茵再墮落下去，她一次可以救起兩個人，然後她們就會重歸於好，重新回到正常的生活。可是偏偏林今夕出現了。」

阿夕大學剛入學那陣子，跟我說學校有個女同學被毒販盯上，要她把毒品順便推銷給性交易的客人。

我光是聽到「毒品」和「性交易」，眼珠和嘴巴都張得老大。

阿夕曾說，學校制度太散漫了，學生成天被偷被騙錢被性騷擾，校方都不理不睬，只想把建築物建得美輪美奐，讓官員來拍照遊賞。

我當時看著阿夕，他這個大一新鮮人一點沮喪的意思也沒有。

他不打算向環境屈服，他說，要把學校弄成他的王國。

話題再回到女學生身上，他問：媽，我該不該幫她？

說不擔心是騙人的，毒品和性眞是考驗家長的心臟啊。但我想起年輕時一個人孤苦無依的生活，我們家就兩個人，還可以再多雙碗筷，沒問題的。

後來我見到傳說中的美人花花，不禁慶幸當時的決定沒有太自私，因爲她是這麼一個好女孩，只是在人生的路上迷了路。

花花有時會在三更半夜來敲門，在我家玄關吐了一地，抓著阿夕囈語。

我替她洗香香之後，她如果想再待下去，我們就會一起睡，跟她說床邊故事。

花花最常說的一句話是：「林阿姨，妳兒子好溫柔。」

緊接在第一句，排名第二的句子：「林今夕好像妳喔。」

她是第一個說我們母子倆相像的人，我聽了好高興。

也是第一個讓阿夕感慨男女之別的女孩子。

「林今夕救了茵茵沒錯，卻讓心綺陷入惡人的境地，害她們兩人的關係再也沒辦法回到從前。」

琳琳想把臉龐埋進火焰中，我說阿姨可以給她抱，她才放棄毀滅的意圖。

「眞的沒辦法了嗎？」她們都還年輕，最豐富的資本就是時間。

「綺把自己賣給魔鬼，就要林今夕那顆心。這比登天還難，世界末日也不可能，她那個大笨蛋！」琳琳絕望地說，雙手無助揮舞著。

「我兒子還眞難追。」我抓著琳琳兩手掌心，把她冰冷的手收攬在懷裡。

「妳才知道！」琳琳的身影比剛才又淡了些，趴在我腿間，背脊徐徐抽動。「林今夕最討厭了！」

「妳喜歡他吧？花花和龐心綺都喜歡他，妳就要放棄了嗎？」我帶著挑釁的意味問道，琳琳氣得扭緊我的腰。

「因爲我們是好朋友啊，妳明不明白！」

謝花花和龐魔女都是一等一的花朵，但是三人中只有琳琳委曲求全，把她們看得比深愛多年的林今夕還重。

「妳很了不起呢！」

「爲什麼當人那麼痛苦，我卻還是想活下去，犯賤嗎？」

「因爲陰間太無聊了？」

「妳這女人雖然無腦，但說話卻是他媽的眞切。」琳琳維持趴伏的姿勢，看著我，身子只剩下輪廓。「我的身體快醒了，妳怕寂寞，我給妳踹個人下來，不要亂跑。」

「哦。」直到琳琳消失，我都正襟危坐，不敢妄動。

不久，旁邊溪流傳來撲通水聲，濕答答又臉色發白的格致從水裡爬了出來，還眞像是水鬼來索命。

「之萍姊，晚安。」

「晚安啊，小帥哥。」自然而然地閒話家常。

我想把羅師父借給我的黑袍脫給格致禦寒，他卻連聲表示不用了，不會冷也不想死。

「我們的靈魂比肉體強悍多了，妳不必擔心。」格致站在我對面，雙手攤開，想藉著營火烤乾衣服。「衣服上的靈氣很微弱，萬一消失，林今夕絕對會判我死刑。當然，妳只有那麼一件袍子，千萬別借我衣服，不然也一樣死罪難逃。」

「琳琳既然得救了，你們應該不會有事。」

格致苦笑，撥開滴水的髮絲。

「我們的路線被竄改到地質脆弱的坡地，等到非天然的力量一震，我們根本來不及逃。葉子有家傳護身符保佑，勉強逃過一劫。不過，他竟然去攔截要救林今夕的救難隊來救我們，我看他死後八成會被綁鐵石沉進忘川裡。」

小草做的沒錯，最急迫的待援對象不是下落不明的阿夕，而是命在旦夕的伙伴們。

格致再仔細打量我一陣，但沒找到他要的東西。

「熊寶貝在小七床上。」

格致原本想否認，但後來還是點點頭。真是的，想看熊有什麼不好意思？

「我只看得到熊寶貝布偶的樣子，真想知道你們眼中的小熊是什麼樣子。」

「臉頰肉肉的，眼睛又黑又大，穿著有熊耳朵的娃娃裝，今年一歲多。」格致溫柔地陳述娃娃模樣的熊寶貝，我光聽口水就快滴下來了。「我平常見不到鬼，但是可以很清楚地看見他。」

「來吧，加入玩熊俱樂部！」現在會員有五名，持續增額中。

「之萍姊，我可能快死了。」格致略微垂下眼。「山崩連帶刷下上坡的竹林，有一根斷竹貫穿我的肺部。」

火光略略模糊了格致的臉，這個男孩比我小二十歲，還非常年輕，和我大兒子同年。

「妳可以幫我向茵茵道歉嗎？」他向我提出最後的遺願。

「不要，自己說！」

「妳和一年前的林今夕說了同樣的話。」

「你竟然叫阿夕幫你道歉，討打是不是？」

格致的眼神頓時有些飄渺：「的確被打得很慘。」

「你要堅強活下去，然後向花花坦誠。」我抓緊他冰冷的手，拿出平時不知道丟去哪的強勢。

「我不行，這樣會讓我更想死。」格致露出快要哭出來的表情。「我從以前最會指責別人的缺失，並且以此爲傲，我從不覺得那些明知故犯的罪人哪裡需要被原諒。」

「你不是存心的，不然就不會如此悔恨了。」先不論是非，我只希望格致好好面對他一直逃避的過去。

格致和花花認識得早，那圈子的男孩幾乎都對花花小公主懷抱一份傾慕的心意，她美麗又愛笑，善良體貼。格致他家又和謝家走得近，接觸的機會也多了些。

「初戀不是一眨眼就會煙消雲散的東西嗎？我到高中卻還是記著她，當我母親提起她賣身的事，我第一個念頭不是修正她的錯誤，而是想要試試看。高三那年暑假，我瞞著身邊所有人，用存款把她包下一整個月。」

格致說他每個晚上都開著父親的車出去，對家人說要補習，卻是去指定的汽車旅館。他的小公主已經蒙著眼睛，裸著身子等著他。

「之萍姊，我每個晚上都好快樂，她任我爲所欲爲，我以爲這就是男人該做的事，我是這麼優越的存在，從小到大，成績品德都讓長輩們讚賞有加，不可能會犯錯。這只是我的娛樂，那時候，我都這麼催眠自己。」

格致低下身，抱緊眼前的火焰，任憑黑色的火把他燒得破碎。我嚇得站起身，趕緊把人從火裡撈出來。

「我這個畜生……我到底對茵茵做了些什麼……」

一個月結束後，格致到國外遊學兩個月，回來便聽聞花花墮胎的消息。大家都忙著指責花花淫亂，卻沒人去在意生父是誰。

聽說花花本來堅持要生下來，謝家父母卻勃然大怒，他們絕對不承認沒有父親的孩子，給家裡丟人現眼。

「琳月打了很多通電話給我，她知道我是當時的『客人』。我卻在國外盡情遊覽風土民情，增加所謂的人文素養。我啊，就算後來知情了也不敢承認，是我害死了那個孩子！」

我強硬抓著格致的肩膀。然後呢？應該有比自殘更重要的事，不是嗎？

「你知道花花的弱點吧？她就像剛出世的幼犬，很怕孤單呀，她這種個性容易遇到爛男人，或是被魔女騙去賣掉。你應該去她身邊看緊她，照顧她一輩子當作補償，混蛋！」

「我比不上林今夕……」格致虛弱地反抗著，不知所措。

「可是阿夕不愛她你很愛啊！你並不只是想和她玩玩，而是希望一輩子在一起，養一個像熊寶貝這麼可愛的孩子，對不對！」

「之萍姊，我不知道……」格致捂著臉，泣不成聲。

「我不需要你來陪，你給我回去！」我拎起格致的衣領，既然他從水裡來，我就往水裡扔。「你給我活下去，去追花花。等到誰也無法分開你們的時候，你再告訴她眞相也不遲！」

格致低身抱緊我的腰，撕裂胸肺般嚎哭著。

「你不是罪人，只是個笨蛋，明白了嗎？」

□

格致沉下水面之後，再也沒有現形，我由衷希望他能平安無事。

只剩下我一個人，怕寂寞又把小朋友趕走的中年婦女。幸好營火還夠，我把解體的手機重新組裝起來，竟然還能用，可喜可賀，裡頭可是有許多林太太精心錄製的手機鈴聲。

像是「媽，吃飯了」，或者「大姊，我回來了」，還有「林之萍，像個成年人，十五分鐘內到公司」之類的親人語錄。就這麼放在耳邊，反覆聽著。

「阿夕，媽媽在這裡喲！」我順著河道往下喊，這不是虎姑婆的計謀，而是兔子老母的眞情九九。

山區的夜晚實在冷得牙齒都快跳出來，要不是有這團奇異顏色的火堆，我絕對撐不下去。

即使疲倦如今夜，我還是無法成眠。想著阿夕小時候，冷天我去學校接他回家，我們的手會握得緊緊的，好像這樣就會發出兩倍的熱量，變得溫暖萬分。有時候，我們還會一起哼歌回家，那時候，他就會唱一些自己編出來的小曲，我聽著，不知道是不是做娘私心的關係，總覺得比時下所有的流行歌還動人。

聽爺爺說，人類發展出語言之前就會唱歌了。唱比說更能真切抒發內心的情感，更能讓人產生共鳴，而歌聲不僅僅是技巧和悅耳的嗓音，它的源頭是左胸跳動的那顆肉塊。人總說我兒子寡情冷漠，幼年經歷過那種慘事，要活潑開朗也不容易，但是什麼無情無義絕對是膚淺的屁話。抹黑的人一定沒見識過阿夕拿麥克風，單純的人爲他的嗓子折服，不再天真的聽者狠狠被撩撥起心弦，落下淚，傷口似乎就不再抽痛，開始結痂。

他的感情或許是埋藏得太深，無法言說，只能唱，拚命地唱。如果連這麼一條發洩的管道也失去了，他總有一天會被心底的痛苦淹沒。

所以，阿夕，唱歌給媽媽聽，再唱給我聽，遵守你對我的承諾。你可以把心裡的垃圾清一塊地方，把我放進去，想起來讓你笑、讓你放心不下，即使那裡深沉得足以把凡人的我淹死也無所謂。

雖然我的確在大兒子不見了後才後悔平時兔子玩得太凶，把林今夕晾在一旁，阿夕吃醋了還取笑他，弄得他都不跟我們玩，但我從來不曾把他從胸口的位置移開過。

我一直想著阿夕的事，想著十多年我們母子倆共同成長的風花雪月，突然頭上一亮，隱隱約約，天頂浮現金光，像是我們在羅般般若道觀作法得來的那條尋人線。

沒有理由繼續呆坐，我做了一枝火把，跟著金線前行。黑色的火似乎帶著某種力量，當我經過樹叢，所有的夜行生物全靜下來，讓我安全通過。

遠遠地，我在右手邊方向看見路燈，和頭頂金線轉彎的方向相反，表示阿夕他們落在遠離公路的地方，不好尋找。

我一邊走一邊大叫阿夕的名字，不顧山區禁忌，先找到兒子再說。

喉嚨乾了就撈溪水喝，我被嗆到了，咳出幾灘血絲。我的孩子已經失蹤七天了，要我不心急太難。

「阿夕，媽媽在這裡！」

我走著，到東方亮起魚肚白才知道夜晚過去了。隨著太陽升起，金線越顯微弱。我急得用跑的，想要再接近兒子一些，好不容易來到金光轉折處，一片緊鄰公路的河灘地，日光已經升了上來，蓋過金線的光芒。我站在河邊，失去線索，面對那一片不見人影的深林，幾乎要哭出來。

「之萍姊！」

我抬頭望去，是帶著大批人馬的小草，他大概也是被金光引過來。

「妳等著，我馬上送妳到醫院！」

這裡已經不是深山峻嶺，救護人員只要跨過幾顆大石，就能到我立定的石灘地。

可是我還不想離開，我要等我的寶貝。

「阿夕，媽媽在這裡……我這一生最愛的就是你了……快點回來我身邊……」

「之萍姊，妳不要喊了，喉嚨都啞了！」

小草向我祈求，可是我沒有辦法停下聲音。

「阿夕、阿夕……媽媽好想你……今夕……」

我不想把自己弄得這麼狼狽，讓每個人都知道我傷心欲絕，但是我沒辦法抑止幾乎要湧上眼眶的悲痛。

「快看，有人！」

我順著呼聲望去，有人影從林子裡走出來，搖搖晃晃走過瀰漫霧氣的河道，跌下去，濺出水花，又站起來，機械式邁步前進。

總共有三個人，年輕人揹著一個女孩子，右手扶著另一個，嘴邊不停重複同一句話：

「龐心綺，繼續，向前走……」

那件阿夕愛穿的黑色皮夾克，已經破破爛爛，連拉鍊也掉了，他臉上還有許多擦傷，走路的樣子也不太對勁，恐怕腳受了傷。化花和龐魔女的情況也很糟，但至少每個人都活著回來了。

直到阿夕住口，始終閉著眼的龐心綺才倒在地上，救護人員趕緊把她搬上擔架，而小草照著阿夕的指示，把花花揹到另一輛救護車上，沒有多問半個字。

我已經沒有理由哭了，朝阿夕亮出招牌笑容。

「妳來做什麼？」林今夕朝我呼了口無奈的長息。

「來接你回家啊，寶貝。」

我朝他伸出雙臂，毫不保留。

林今夕踉蹌走來，幾乎是跌進我的懷裡，用謀殺老母那種程度的力道，緊緊勒住我，我的肺都快吐出來了。

「媽。」

「兒子。」我咯咯笑個不停。

「那些話，回去再說一遍……」阿夕吩咐完，隨即昏倒在我懷中。

人家想把嚴重脫水的阿夕抬上車，卻怎麼也沒有辦法將他從我身上扳開，只好把我們母子倆當作同一件貨物一起運送。

我把自己的老娘臉靠在阿夕年輕俊逸的臉上，終於可以睡了。我相信，這次夢裡孩子們會在家裡等著，待我下班回家打開大門，阿夕和小七同時轉過臉，異口同聲對我說：

「妳回來啦！」

□

我作了個好夢，睡得飽飽的，將醒半醒的時候，又有人順著我的髮絲，舒服得讓我發出幸福的嗚嗚。

抖了抖睫毛，我睜開眼，是包公胖子。他看我醒來就停下動作，有些急促地收回溫暖的手。

出乎林之萍十多年來的經驗法則，老王沒有揪著我的耳朵破口大罵，反而像尊木頭佇在床邊，良久，才動了動唇。

「抱歉。」

「啊啊？」

老王道歉是因爲他的指示讓我遭遇危險，還是爲踰矩做了親密的事表示歉意，或是背著我在外面養女人？

「你忍心讓三個孩子沒有父親嗎？胖子！」

「一醒來就發神經，看來妳狀況還不錯嘛！」老王恢復正常，開始反擊。

「親愛的，我們家那兩個兒子跑哪去了？」我在病床上滾了一圈，發現左右兩邊都有殘留的餘溫，顯示阿夕和小七剛走不久。

「去探別人的病。妳既然醒了，我要去看阿晶了。」老王說著就拿起椅背後的西裝，毫不留戀地轉身而去。

「志偉，等一下。」我發出著急的呼喊，老王果然停下腳步。「你答應過我的，怎麼全忘了？」

老王擰著眉頭，怎麼也想不起我們海誓山盟的承諾。

「人家要親一個。」我抬起臉頰，殷殷期盼。

「混蛋！」

我哈哈大笑，他摔門而出。

平常玩笑話說多了，眞情流露也被當成搗亂。哎呀呀，我笑個不停，走下床，踩著醫院拖鞋出門逛大街。

我記得小糖果的病房在哪裡，先去她那邊串門子好了。

肉票獲救，醫院卻風平浪靜，唐家一定動用了各方力量把媒體壓下來，給他們的小小姐一個休養的環境。

「哈囉！」我轉開房門，探進身子。小糖果臥坐在病床上，床尾有張素簡的小白桌。

她的頭髮用一束白糖果髮飾綁在右耳，看起來很可愛、很有精神。

我本來想和她玩「猜猜我是誰」，可是小糖果馬上猜中我的身分，不顧傷勢，彎下身拉開床邊的摺疊椅，熱切地請我坐下。

「給妳造成莫大的困擾，眞是過意不去。」小糖果朝我欠身行禮，我叫唐千金快快請起，這家醫院的病人袍特別鬆，胸部都露出來了。

小糖果紅著臉，趕緊拉起衣襟。

「對不起，讓您見了這麼沒看頭的東西，但它就是長不大。」小糖果黯然含著眼角的淚光。

「沒關係，小巧玲瓏也很不錯啊！」類似的例子還有小七的身高。「妳好點了嗎？」

「好多了。」小糖果漾開笑容。「若非您公子挺身相救，九姝這條命絕無保住的可能。」

「妳福大命大，本來就不該死。」我拿起花籃裡的蘋果把玩。「而我家兔……那臭小子只是做了他認爲該做的事。」

小糖果娓娓說起這幾天的遭遇。

唐二載著她從郊外回家，途中被綁匪攔截。唐二知道情況危急，叫狗狗車送走小糖果，自己下車來擋。但是當唐二腦袋中槍，小糖果便不顧自身安危，「犯規」把那顆會爆裂的子彈取出來，也因此落入歹徒手中。

「我聽二哥說了，要不是有妳把他從唐家帶走，他現在大概已被我家的人當內賊整死了。」小糖果感激地望著我，讓厚臉皮的我也有點不好意思。

「這沒什麼，他一路上幫了我許多，是我要謝謝他才對。」

唐二帶我去打探阿夕的消息，還用撲克臉安慰我，他又是個帥哥，加減一下，林之萍小賺一筆。

「我的家人都說他們爲我做了許多，妳來救我卻說沒什麼。」小糖果低笑幾聲，我聽了，忍不住去按住她的手背。「我自認沒有得罪過任何人，奉行中庸之道，突然遇上這麼可怕的事，實在沒有半點對策。他們捂著我的嘴，我叫不出聲，我在心裡求著爺爺、求著天，最後求了您的兒子，他就眞的出現在我面前。」

小七因爲人質的關係，不敢輕舉妄動，沿路追趕，和匪徒與那些術士交手數十次。最後，綁匪也決定要在儀式開始前，除掉這個甩不掉的後患。

「當天傍晚到了海港，他們押著我叫林明朝出來，用虛假的謊言欺騙他，朝卸下武裝的他開火，還叫人開車把他衝撞到海裡，實在是太過分了！」

更過分的事情還在後頭，可是小糖果略去她所承受的折磨，跳到被封箱投海那部分。

她清醒著被活埋丟入大海裡，還來不及絕望，就感到箱子外有東西在支撐著，讓她慢慢習慣水壓。但接下來就是氧氣的問題，她的呼吸越來越急促，腦袋開始昏沉，卻總是在撐不住之前，有口氣貫入她嘴裡。

小糖果想了很久，才開口喊了小七的名字。

一身白光的小七才在她面前現形，又消失不見。

「所以你們總共接吻幾千次了耶！」小兒子的交友進度幾天內超前了大兒子。

「在我昏迷之前，六百一十八次。」小糖果的眼睛瞬間亮起七分。「他還不時鼓勵我，告訴我很快就會有人來，不要放棄。他『以前』不會說這種話的，是因為身邊有個很溫柔的人，教他怎麼安慰女孩子吧？」

我笑了笑，沒跟小糖果埋怨兔子明明整天都在數落他老母。

「他被捆綁我的法咒傷了好幾次，還割自己的血給我喝，我甚至以為他會比我還早死掉。林媽媽，我到底該怎麼謝謝他？」

這就是小七難搞的地方。除了阿夕的飯菜，這世上還真沒有他在意的東西，他嚮往的高深境界是一片皎白世界，不存在悲傷憎恨，也沒有快樂愛戀。

「真糟糕，看來妳只能來當我家媳婦兒還債了。」我說得勉為其難，但好順口。

「大姊！」門口傳來猛獸的怒吼，小白兔是也。

「哎喲喲，好巧喔，這不是小七嗎？」我裝成他鄉遇故知的樣子，而抱著熊寶貝的兔子，怒火中燒看著我。

「才一下子沒盯著妳，妳就出來禍害人間，亂講一些五四三！」七仙凶巴巴地唸著可憐的媽媽，還用力向小糖果澄清。「她的話全是放屁，妳千萬不要當眞！」

「小七竟然說媽媽的話是放屁，嗚嗚嗚！」

「假哭也沒有用！」

「媽媽最喜歡小七了，你也覺得這種發自內心的呼喊是放屁嗎？」

「對，屁話中的屁話，那只是妳掛在嘴邊的口頭禪罷了！」

「孩子的爸，我們家兔子叛逆期到了！」

「妳這個變態老查某哪來的尪婿？」

「兔子老母憑著可人的外表和純眞的內心，追求者眾。」我必須聲明一下。「不過這裡的父親是代指你大哥，林家牧場的看守人兼飼主。」

小七氣得都快炸開毛，但這就是我調侃他的樂趣所在。

小糖果笑出聲，小七還爲此指責我丟臉丟到外太空去。

「你們母子倆感情眞好。」小糖果笑得眼角都快溢出蜜來。

「沒有啦，鬥鬥嘴皮子。在家裡我們還有更激烈的玩法。」在媳婦面前，總是要謙虛一下。

「大姊，妳敢在光天化日之下掐我屁股，我就跟妳拚命！」

小七，你何必自己招供出來呢？這樣就沒辦法吊起小糖果的胃口，讓她多來家裡坐坐、來窺探我們之間不可告人的祕辛啦！

兔子要把我抓去外頭教訓前，小糖果喊住他，我從她眼中看見屬於女子的柔情，內斂而深邃。

「林明朝，你終於找到你媽媽了呀，真是太好了。」

七仙看著小糖果的笑容，輕應一聲。

許久以前，天上的桃林裡住著美麗的仙女和白袍青年。白袍青年為了看顧世間，總把白衣弄得滿是泥水，夜晚，仙女就在冷冽的天泉裡把泥衣洗成白衣，日復一日。

他們之間幾乎不曾交談，只有夫妻的空名。仙女不知道凡間的男女之情是什麼模樣，但如果說喜歡與不喜歡選擇一個，她是喜歡的，把青年的缺點和優點都捧在心上喜歡著。

她心裡只有一個遺憾，她從未見過青年快樂的神情，想看他開心地笑。

即使有一天，他選擇離開她，到她見不著的世界去，那也無妨。

「兔子，多陪陪人家。」我告訴小七，請珍惜愛他的好女人。

「大姊，別在腦袋瞎編愛情故事，就跟妳說我們派禁女色。」我們坐在醫院最接近太平間的長椅上，燈光很暗，沒有人會來打擾。

「人家都從天上追來了，你別逼這麼好的女孩子去變性嘛！」

「跟妳說話眞的會氣死！我也不會喜歡男人！」小七用力白了我兩眼，媽媽明明在認眞考慮他的終生大事。「我很早就斷了情根，天上也不存在男女之間的情愛，她是憐我孤苦，向天帝請示來陪我。桃林那邊靠近世外，不像天庭四季如春，風大又冷，她身上只有覆體的薄紗，我只能每晚摟著她入睡。讓貴爲洪荒神女的她受苦，我一直很過意不去。」

「兔子，你還是兔子神仙的時候，每晚抱著小糖果睡睡呀？」

「大姊，這不是重點。」

是重點啊，笨兒子！

過去是我錯怪阿夕了，所謂招惹人不認帳就是說我小兒子，小七你這隻壞兔兔！女孩子哪能抵擋溫暖又厚實的胸膛攻擊？

「回天上後，我會請示天帝解除我和她之間玩笑似的婚約，不讓她再因爲我受傷。」

我氣得去拉小七的白毛，想把他先天不良的情根重種回來。睡都睡過，親都親了，他是要讓人家一片眞心碎成奈米矽晶才甘心嗎？難怪紅鞋姑娘會氣到要他家破人亡。

「我以後要叫你陳世美兔，駙馬七！拋棄未婚妻，丟下老母和小熊，還有可憐的阿夕，這些年來養育你成人，你卻狠心相負，嗚嗚嗚！」

「關大哥什麼事？今夕哥就是今夕哥，大哥對我來說是不一樣的！好在大哥沒事，不然熊仔該怎麼辦？」

熊寶貝點點頭，最喜歡阿夕爸爸了。

小七又把我鬼話連篇的玩笑話當眞，不過比起小情人，他眞的比較在乎兄弟，或許是因爲阿夕早早就喚他「小七」，讓他忍不住在阿夕身上投射當年師兄弟的情感。

就像媽媽我也是他的遺憾之一。如果林之萍的存在能讓被迫一生寂苦的他不孤單，不負小糖果對人間的期許，陪他開心過完這世人，就算粉身碎骨也毫無怨尤。

「爲了補償阿夕，給媽媽抱一下。」

「妳這是什麼邏輯！」

我裝可憐，去蹭小七的頭毛，不一會，他就收了盔甲，讓我抱個痛快。

「大哥，你看，她又來了！」

小七輕軟叫著，我維持抱兔子的姿勢，倏地轉過頭，是似笑非笑的阿夕。大家都穿淡綠色的病人袍，只有他一身黑衣特別帥。

「大寶貝，快，一起來，三貼，不，四貼！」我差點漏算熊寶貝。

阿夕沒理我，直接在我左手邊坐下。熊寶貝爬過我的大腿，直往阿夕懷裡鑽，讓他摸耳朵。

「媽，聽說妳都知道了。」

看來，小草他們已經遭到嚴刑逼供。

「今夕，你是不是從來沒有把我當作你的母親？」

小七揪住我的衣襬，不知道爲什麼我會說出這種養母子間的禁句。

阿夕的唇抿成一直線，我盡量一派輕鬆地等著他回答。

「媽媽。」

他只是叫了這麼一聲，我的眼淚就不爭氣地掉下來。

「她死了，我只剩下妳了，妳絕對不能拋下我。」

「傻瓜，我怎麼可能不要你？」我攬過阿夕的腦袋，把他的臉壓在胸前。小七什麼也不明白，卻跟著我一起哭。

熊寶貝受氣氛感染，大哭起來。我們一家人就一直哭，哭個不停，到後來還是阿夕看不下去，挺身而出，嚴令我們不准再爲他掉淚，哭勢才停下來。

那天本來是阿夕計畫探望生母的日子，小玄子卻緊急通知他這個劇變。他去療養院質問，院方三緘其口，阿夕便上山去她辭世的地方尋找蛛絲馬跡，卻意外碰上發生口角的花花和龐心綺，她們沒有注意到觀景台上踞著的「東西」，雙雙被推下崖，就像我遇上的情況。

阿夕一時情急，機車橫掃過去，跳車想衝去抓住她們兩個，完全沒顧及一個人所能承受的重量，一起跌了下去。當時因爲連日大雨，溪水暴漲，他們被沖到山谷下游，不巧引來林子裡的山魅，迷亂他們的方向。

直到聽見我愛子心切的呼喚聲，才打破樹林中的障蔽。

「素心他們都還好吧？」

「格致傷得比較重，不過已經脫離險境，其他人大概三天就能出院。」

「那你呢？」我摸著阿夕的臉，比鬼還白，媽媽好心疼。

「醫生說今夕哥身體虛弱，要觀察兩星期。」小七擔憂地說，然後，被阿夕扯開臉皮。「咦？」

「誰虛弱了？咳咳！」阿夕有些惱怒一點也不會看臉色的兔子弟弟。

相較起來，中了三槍、不吃不喝、失血過多的小七，現在是已經可以活蹦亂跳的健康寶寶一個。

「寶貝，你就在這裡好好休息，有素心和格致陪你。媽媽在家裡可以玩小七，你不用擔心我。」我左手環著阿夕，拍拍他的腰身。林家牧場的經營就暫時交給兔子老母吧！

「很明顯地，我該擔心的是小七。」阿夕的說法讓我想到狐狸和雞過河的益智遊戲。

「大姊，我也要留在這裡。」小七頭低低地說，媽媽我不能接受。

原來羅師父和小七私下談過，他們都以爲失傳的門派，因爲幾篇殘簡而保留下來。羅師父懇求小七把所知傳授給他，補足書簡上缺失的部分，把那份信仰重現於世。

羅師父的誠心，加上他在尋人這件事上出了大把力，小七便答應暑假留下來傳道。

我大驚失色：「可是這樣不就只有媽媽一個人回家？」

阿夕沉默一陣，每當他這個樣子，就是在計畫祕密的事。

「小七，和媽說再見。」

「大姊再見。」兔子不疑有他，順著阿夕的話打擊我的人母心靈。

我當天就坐火車回去，整晚都向老王哭訴兒子們有多不孝。

唯一的好消息是蘇老師出院了，依然裝作和整件事完全沒有關係，不想讓小七知情。

我看向神壇上的神像，腹誹鄭王爺這個悶騷男。

之後每個工作天，小草都會向我通報阿夕的狀況，小玄子也會報告小七在他們道觀的生活起居，跑去和他師父學種柚子，很乖。

小玄子隸屬白派一門這件事，似乎被小草眾人笑掉大牙。當初嘲笑這門派最大聲的人，終究遭到因果報應。

「林阿姨，嚕嚕，這門派也不錯啊，它的教義就是教人別把情感看得太重。至少芝蘭姨死的時候，貧道可以比林今夕還不難過一點。」

我說：「子玄，你可以再認我作另一個乾媽。」

小玄子朝手機大叫，反應激烈。

「就是有妳這種人，才會讓修行者認爲就算犯戒律也物超所值！太犯規了啦，之萍媽媽！」

據說小玄子講這段話的時候，阿夕就在旁邊，後來被修理得很慘。

□

事件結束，我又回到常軌的生活。含淚工作，一直捱到星期五下班，我買了南下車票，去看兒子。小玄子騎車來車站接我，沿路與我暢談他生活的趣事，他的家人只有羅師父，有些不敢和師父說的傻話，就需要有溫柔的阿姨一起分享。

我們抵達波羅麵包道觀，小玄了幫我提行李，羅師父領著我上二樓，小七在道場冥思，請我不要打擾他。

我學小七穿了件充當白袍的浴袍，在道場跪坐著。十分鐘後便宣布放棄，在道場裡滾來滾去。

「大姊！」小七忍不住張開玉質的眼，兔軀震怒。

就像什麼蟬叫、雞湯修習營，這一個多月的夏天，我在週末重複同樣的行程——到山上的道觀修身養性，順便找小兒子麻煩和探望大兒子。

阿夕出院後，也搬到小七所在的波羅蜜道觀，以煮飯灑掃作爲借住的代價。小玄子說他要向小草他們炫耀一輩子。

熊寶貝也有自己的行程規劃，被花花帶回老家，再被格致帶回老家。琳琳說他們兩個就算單獨碰面的次數多了，也是一點進展都沒有。

我向琳琳問起龐心綺的事，她幾乎沒辦法回答。

琳琳悲嘆說道：我會親自帶心綺到下面去，不讓她走得太孤單。

已經無法挽回了嗎？

暑假最後一個週末，我訓練有成，可以靜坐在小七身旁半個小時不說話。羅師父讚賞我這個天大的突破，連我也倍感驕傲。

我和小七正端坐著，道場的拉門被拉開，阿夕登場。他穿了和小玄子同款的純黑色道袍，又拿下眼鏡，讓我們一時間沒認出來。

「怎麼了？」阿夕微笑，一點也沒意會到他的美色有多驚人。

「很好看。」我由衷地稱讚，也讓我想起這一個月來放在心裡的疑問。「你們裡面有穿內褲嗎？」

「大姊！」小七氣得搥了我一拳。「眞是變態牽到墾丁還是變態。」羅師父和小玄子今天出門去做法事，道觀裡只剩下我們三母子。我偷瞄閤眼跪坐在我身旁的黑袍阿夕，其實我知道他這些日子爲什麼會待在道觀聽羅師父誦經——他在爲母親守喪，而今天是她的七七之日。

就在阿夕迷失的那片林子中，找到了他生母的遺體，燒成灰燼後供奉在道觀裡。想到阿夕是懷抱著什麼樣的心情在這個傷心地聽著祝禱死者往生的經文，我的心就一陣揪痛。

他一滴淚都沒有流。

我提議把她葬在林家祖墳，就當她嫁給我做老婆。阿夕說這理由讓他不太高興，駁回。我換作「乾姊姊」，兒子才勉強答應。

阿夕在她墳前發誓，不會放過害死母親的兇手。即使我在背後喚他，他也不肯回頭。他決絕的背影我夢了又夢，非常不安。

「大姊、大姊！」

我擦擦流了滿臉的口水，才醒來看看是什麼令兔子這麼著急。

沒什麼，只是小七被睡死的阿夕捕捉到懷裡，動彈不得。

我向小七比了比大拇指，你成功了，兔子；小七回了一根中指，幹！

「大哥把我誤認成妳了！」

「因爲媽媽老了，彈性比不上年輕的肉體。」請容我惋惜一下逝去的紅顏，轉眼間，可愛的少女不再，變成了兔子老母。

「請妳給點有用的建議！」

我偷偷笑著，擠上前，把小七夾在中間，兩個兒子一口氣抱著，大滿足。

「小七，不要修行了啦，陪媽媽和哥哥一起休息。」

「妳這是要我墮落的意思嗎！」阿夕在睡，小七不敢有太大的動作。

我不敢，也希望兔子毛永遠純淨無瑕，但我是自私的，是膽小寂寞的凡人。

「媽媽最愛你們了。」

小七對這種話幾乎沒有抵抗力，所以我才會一直說一直說，直到他習慣有人愛他。

「那就睡一下，一下子。」小七放軟身子，認命偎在我頸邊。

「嗯！」

我抱緊他，想把他們都藏起來，到一個即使是神也找不到的地方。

〈神隱〉完

鬼市

人們總說「陰錯陽差」，兩邊要配合得剛剛好，才會生出不可思議的結果。

今天寶貝兒子不太舒服，我出門買碗魚湯給他補補，臨走前還親親他的小嘴，被他嫌棄口水都吃到一塊了，噁心、變態、不衛生。

雖然被小王同志禁止再像答錄機般放送同一句話，但林之萍還是必須再次詔告天下——我兒子好可愛！

一路唱著小夕夕之歌，腳步踢踏，日暮黃昏，佳人買魚。

等我抵達老字號的魚湯店，卻發現鐵門深鎖，老闆哪天不休息，偏偏挑我家兒子生病的時候。林之萍垂頭喪氣，爲了美味魚湯，我已經離家很遠，這裡偏僻，日落之後，更是暗不見光。

今天初一，沒有月亮，天氣不怎麼好，也沒有星子。

而就是因爲特別黑，那一點亮才更爲明顯。

我透過彎彎曲曲的巷子望去，人影晃動，隱約傳來商人的吆喝聲，好吃的、好玩的，此起彼落，那感覺生在台灣的人類絕不陌生，就是夜市。

哎喲，新闢的市場嗎？怎麼以前沒見過？

「媽媽，不要亂跑。」

兒子帶著童音的叮嚀在腦海咻地像浮雲飛過，我明白夜路危險，也知道不應該亂湊熱鬧，但林之萍要買魚湯，根據我的經驗，世上最價廉味美的藥膳魚湯就在夜市。

於是我尋聲走去，每次轉彎，亮光便不見，以為找丟了，走了兩步，喧譁聲又回來，約莫過了半小時，才讓我找到市集的入口，堪比詩人說的柳暗花明，終於尋得村子可以借廁所那般喜悅。

奇怪的是，當我回頭望去，原本還有幾盞燈火的老舊住宅區卻隱沒在夜色中，這片本來稍嫌昏暗的夜晚市集，待我再回頭，卻是大亮起來。

小今夕的叮嚀又在腦中繞了一遍：

「媽媽，不要找死。」

我看著新興的夜市，心癢難耐，不去嚐鮮玩樂，實在有違林阿萍的本性，更何況我還要給阿夕買魚湯，是為了正事，有正當性在。

夜市，我來啦！

「糖葫蘆，兩支！」

看那成串的梨子外，紅紅亮亮的糖衣，讓人迫不及待一口咬下，然後用黏黏紅紅的嘴去蹭寶貝兒子的小臉，今夕一定會很高興。

拿著帚掃把賣糖的阿婆，眼睛看不太清楚，接過我的鈔票，往嘴裡咬咬，大無畏細菌和病毒。

「小妹，這不能用，妳去櫃台換錢。」阿婆的口音像爺爺那一代的人，略略瞟了我一眼。

「還要換代幣？」

這可有趣了，難道我闖進的是私人遊樂園，竟然貨幣不通用？

我興沖沖地去找櫃台，是間磚瓦小舍，沒有甜美微笑的服務小姐，只有打盹的阿伯。

「帥哥，人家要換錢錢，拜託你啦！」

阿伯瞬間驚醒，見了我，神色不耐地喊了兩聲「走」，好像我是什麼髒東西。

我掏出兩張百元鈔，他才正視我，按了下我手腕，又看我有沒有影子。

「那邊兩袋，自己拿。」

「謝謝大哥！」兩張換兩袋，感覺很划算啊！

我正要走，阿伯又多送我一只打火機。

「要燒就燒快點，別待太久，這邊是無主地，沒法管。」

「嗯嗯！」

今夕還在家裡等我，我會有所節制。

於是我扛著兩大袋代幣，回頭再戰。

「兩支糖葫蘆！」

阿婆收了我的錢，用紙包了糖葫蘆給我，還問我是哪裡來的笨蛋。

我隨便往東邊指了下，自稱是太平洋的火山口美人魚，阿婆低笑兩聲，叫我慢慢玩。

我沿路看一樣買一樣，東西便宜極了，害我到處撒錢，享受有錢人的快感。有人過來推銷美容沼泥，可以補足身上的缺陷，我覺得推銷小姐長得很可愛，綁了兩條馬尾，又一臉認眞，不由得停下來，聽她講述這個怎麼看都是垃圾的產品。

「並不是每個人都能善終，有時候會少塊皮或是缺條胳膊，我們公司的美容泥可以撫平您外在的遺憾，進而保有您心靈的完整。」

我覺得有趣，掏錢買了整組爛泥巴，看她欣喜得跳起來，就覺得値得。

「妳是新人嗎？」

「對，來沒多久，很多地方都不習慣，尤其是吃的，沒有溫度實在不像食物。」

經她這麼一提，我才發現手上的全是冷盤，魷魚絲、棉花糖、雪花糕，沒有雞排和臭豆腐，的確讓這個夜市失色幾分。

推銷小姐看著我手中零零總總的食物嚥了下口水，我看前方有豆花攤，可以坐著歇息，就帶她去吃點甜食墊胃。

她叫「知涼」，名字取自飲水知冷暖之意，又因爲音近「知了」，綽號小蟬，今年十七，據稱有半年沒吃飽。看她都快把碗給啃了，我趕緊把自己那份推過去，叫她慢慢吃。

「小姐，妳人眞好！」

沒有啦，我只是看妳呆呆的，想趁機玩弄小女生而已。

「我其實沒幹什麼壞事，媽媽舉刀自殺，我去阻止她，結果我就在這兒了。」小蟬攤了下手，我把雪花糕放在桌上，她就把糕點和三色豆花一起掃進嘴裡。「因爲當時情況太混亂了，我和媽媽扭打成一團，變成我自己把刀插進胸口，他們判我自殺，要待到陽壽盡才能投胎。」

「這樣啊。」我又實驗性放了豆干和肉乾，小蟬一口氣塞進嘴裡。「爲什麼不跟他們說清楚？」

「不行吶，那會變成我媽殺女兒，我寧可那些鬼差冤枉我。」

燈光下，小蟬臉色有些蒼白，沒什麼怨恨，認命地嘆口氣。

「她大概又回去酗酒了，飯菜沒拜，衣服也沒燒，我只能自力救濟。」

我遞過棉花糖，小蟬接去一口口啃著。

「我在地下批一點貨，偷渡上來賣，這種市集，官差抓得很嚴，他們會開黑單子，一天不繳罰單，黑單子就會一直黏在臉上，可惡的血汗政府！」

看這夜市大得一望無際，違法的人還不少嘛！

「南邊是劃給賣藝人，妳要看表演可以往那裡去，西市是衣服飾品，東市就是我們所在的部分，主要是小吃。北邊不要去，那邊的買賣見不得光……之萍姊，妳有聽我說話嗎？為什麼眼睛亮了下？」

「沒有，妳多心了。」我堆起最誠心的微笑。

等小蟬幾乎吃光我的戰利品，我扔了一疊紙鈔過去，說今晚包了她，陪我去逛逛。

她扭捏一陣，不過終究是小女生，我一嫌她衣服難看，她立刻拖著我往西邊走去。

「之萍姊，妳的手好暖和。」

「因爲我是新死的啊！」我露出大大的笑靨。

「原來如此。」她也回眸一笑，百媚生。

我實在不願去想——這個芳華正盛的女孩，已經死了。

她說母親沒有給她送衣服，我想冬天快到了，就爲她採買好幾套，毫不手軟。小蟬原本不收，我就告訴她，以後長大了，胸部也有所成長的時候，再還我錢也不遲，我這是放長線釣大魚，軟性放貸，是爲了我自身的投資規劃。

她聽得糊塗，只能接受。我在公司蟬聯五年最佳業務員，黑的能說成白的，死的也能掰成活跳蝦，小蟬不會是我的對手。

後來我們又大包小包，到南市去聽人說故事：陰間大戰天界，十殿力拚五旗，把邪惡的神祇打得落花流水，才有現今的太平盛世。

這個版本和爺爺說的不一樣，但我還是扔了鈔票當仙子散花，那個戴帽的說書人立刻跳下椅子，忙著撿拾本大爺的賞賜，我便趁亂強佔他的位子，拿了人家的梆子，清清脆脆地敲了兩聲。

「所謂天下大事，合久必分，分久必合。很久很久以前，洪荒初始，我們現在所知的三界根本還是個蛋，全部混在一塊，沒有天，也沒有地，沒有神，也沒有鬼，遑論這個繽紛的世間！」

「好啊！」熱鬧就要椿腳，小蟬賣力為我鼓掌後，人群又擁來一些。

我又敲了兩聲梆子，繼續下去：

「漸漸地，光與暗分成兩邊，白在上，黑在下，那時候還沒有天王老子和鬼皇帝，只有兩個治理天地的大主宰，弟弟提議要分邊，哥哥應好。哥哥先選，你們猜，哥哥選上面的天堂還是下面的地獄？」

「上面！」

有點腦子的都這麼說。

「不，哥哥選了下界，成了後世的鬼王，弟弟則是供人景仰的天帝。」

眾人譁然一片，不相信竟然有人那麼笨。

「在地下又暗又冷，什麼狗屁倒灶的骯髒事全流到下面，哥哥，不，要改叫鬼王陛下，他一直等著天帝聖上什麼時候會和他交換崗位，他們兄弟也好久沒見了，說不定能在『中間』敘敘舊，聊表相思之情。」

「妳胡說，鬼王無血無淚，殘忍暴虐，要嘛早就殺到天上去，被妳說得像個心軟的娘們！」

我被扔了一顆石頭，小蟬氣得過去踹了那人一腳，不過她也不太信我的屁話就是了。

「很久很久以前，不是這樣的。」我深吸口氣，爺爺留下這個故事，是不是希望我多少為底下的黑暗帝王平反一下？「他等了很久很久，一直到人間成形，他再也離不開黑暗，他的弟弟始終沒來見他一面。他只能在世間最暗的地方，指著他碰觸不到的天際，狠厲大叫：『你騙我！』他最親的雙生兄弟背叛了他，他再也不相信那些所謂的『良善』，因為天帝的招牌就是良善。他變得暴躁易怒，痛恨世間的一切，把心挖出，變得無心，這樣他就不會想著失信的約定而痛心。」

小蟬輕捂起嘴，聽眾也安靜下來，顯然同情起他們心目中的恐怖魔王，我再接再厲。

「之後，人世出現生命，第一株樹，第一隻老鼠，第一個人，開始在原野上奔跑。白天有光，晚上可以休息，萬物逐漸繁衍開來，成了世間第三股力量。天帝認為人世是祂老人家的，鬼王也這麼覺得，為了搶奪資源，上下兩界為期數千載的戰爭就開打起來。」

人世為了自保，聯手斬殺大戰落入人間的鬼神，鬼王大怒，威嚇要人們的命運由鬼不由己，人們害怕恐怖的暗鬼，紛紛投靠上天，寧可把命運交給仁慈的天帝編寫，從此，失了最根本的自由。

但上天只喜歡虔誠的善人，常人和惡人就落入鬼王手上，受盡折磨，好不容易輪迴的觀念東傳過來，他們有了回到人間的機會，人世縱然有再多苦難，卻比不見天日也不見希望的陰間好上太多。

台下安靜了，張張臉都泛著青色，我似乎說錯什麼，或是說得太對了。

「那個女人，好像不對勁……」

就在我差點被抓包的時候，小孩子的哭聲打斷明眼人的問句。我最見不得小朋友哭，三兩步跳下高椅。

「不要跑！」一群流氓似的傢伙往這追來，全部人往旁邊竄逃，深怕惹上事端，那個哭成小淚人的娃娃便選了我這個支柱，瑟瑟蜷在我身後。

「喲喲，各位大爺，這是怎麼了？有話好商量。」我諂媚地搓著手，他們也不跟我廢話，指著我背後的娃娃，直說他們的貨品跑了。「貨？我只見到比我兒子還小的小孩子。」

小蟬在旁邊拚命給我打手勢，叫我快閃，那是這裡的黑社會老大，惹不得。

該不會所謂「北市見不得光的買賣」，就是人口販賣吧？

我轉念一想，心都涼成涼拌苦瓜，賣小孩這種事對於從小被家人捧在掌心疼的我來說，完全無法想像。

「不想散魂就滾開！」

「我喜歡，我買了。」我掏出錢，俗話說：有錢能使鬼推磨。

「想不到小姐不僅生得漂亮，還是個識相的。」

我晃了下肩上一大袋紙鈔，他們眼睛發亮，直邀我去鑑賞其他貨源。臨走前，我把拖著臍帶的小朋友抱給小蟬，她憂心忡忡，叫我別去，但叫林之萍別管事，比要天帝和鬼王手拉手和好還難。

我在路上問那群混混小孩子怎麼來的，他們說流落陰間的嬰靈有的會長大，沒算在輪迴裡頭，哪裡都沒得去，他們好心，爲孩子覓得適合的人家。

「那官府都不做事嗎？」

他們聽見「官」字，臉色一變，我堆出無辜的笑容，表示只是問問。

我就想，就算制度再落後人世三百年，賣小孩這檔事到哪裡也不可能合法。

等我到了，還以爲不小心闖進煉獄。

北市也很熱鬧，不少買家在籠子前品頭論足，漂亮的關鐵籠；缺手缺眼的、還很小的，則是好幾個光溜溜地擠在會刺人的竹籠裡。

那些孩子茫然地看向我，我不由得伸手進去，想摸摸抱抱，做些平常疼兒子的事，他們張大嘴，咬住我的手臂，吸吮濺出的血花。

「媽媽，我餓……」

他們咬得我好痛，可是我沒辦法縮回手，怔怔地哭泣起來。

老天爺，拜託誰來可憐他們一下？在大同世界裡，不是應該讓所有小孩子都平平安安、快樂長大嗎？

這些孩子所遭受的傷害好像隨著他們無助的叫喚，轉嫁到我身上，好痛，沒辦法不感同身受，我失控大哭起來，被旁人拖行好一段距離才清醒過來。

「笨蛋。」

我雙目含淚往上看，一個蒼白如紙的男孩子，低眸凝視著我。

有一瞬間，我以爲見到了長大以後的今夕，那種孤僻的清冷感，這世上竟然還有分店。他有一雙細長的眼睛，漂亮的鳳眼，掛著細框眼鏡，我對細框眼鏡的愛好，不用再解釋一次了。曳著古裝劇書生愛穿的長袍子，不過是純然的黑。

我以爲是美少年，站起身，拍拍屁股冉看，從側面瞄過兩眼，卻又覺得他年紀應該長於我這個三十歲的天仙媽媽。

我頓悟了，眼神超齡這點，的確很像我的寶貝夕夕。

「帶回去，一個都別漏掉。」

他向包圍北市的大片黑影命令道，霎時，眾鬼哭嚎，那些壞蛋嚇得腿軟，邊爬邊逃，依舊被扔進羅網裡。不得不說，這邊公家的威勢比我們那邊好得太多。

其中有個長得特別凶惡的，環視四周，發現我這邊的人手比較鬆，凶相畢露往這裡強行突破。

我捏把冷汗，身邊的年輕人卻不急不徐地抬起墨筆，往歹徒額上一點，隨後歹徒化作一點欲滴的墨，被他按進手中的黑簿子裡。

「好啊，再來！」我鼓掌，他卻瞪了我一眼。

「之萍姊！」小蟬抱著娃娃趕來，有情有義好姊妹，但她一見到我身邊的美少年／美男子，立刻花容失色。「那、那位是……」

不用說，我也知道碰上一名大人物。

「把孩子留下。」他說，小蟬完全不敢抗辯，雙手合十，深深祝福我好人有好運，轉身拔腿狂奔。

我過去抱起寶寶，擦乾淨孩子身上的血污，逗得他咯咯笑。

「我本以爲是混進來要私購無主嬰靈的道姑。」他無聲靠近，要搶娃娃，我玩得正起興，才不給他。「原來是妳這個笨蛋！」

「我才不是笨蛋，我是林……」

「住口，我認得生死簿每個魂魄的名字，妳說了，我就會帶妳下去正法。」

所以說，他打算放我一馬的意思囉？

我又偷看他兩眼，他身形修長，卻非常瘦，骨瘦如柴的瘦，我想，這邊的伙食還真不是普通地糟糕。

「你們應該不會把小孩拿去燉肉吧？」

「燉妳個屁。」他一出口，清雅的讀書人氣質全毀。「下面有收容所，會有專人照料。」

我鬆口氣，民情不同，真怕他們吃小孩。

他冷不防扶住我的臉，眼珠子些些瞇起。

「妳沾上鬼氣，今晚又逢月破開市，才會拐進來異世。看在妳無心的份上，判妳遣回陽世，不准再犯。」

林之萍天不怕地不怕，但被他那雙細長眸子盯著，竟有些腿軟，沒辦法展現成熟女人的魅力。

「大人，我只是要來買魚湯給兒子。」

「魚湯？」

我急切點頭以示清白，絕不是貪圖玩樂，明知地獄無門還要硬闖進來。

他拎了一盒小水桶似的保溫罐到我面前，我感覺到這個夜市所缺乏的熱氣，專屬魚肉的鮮美香味撲鼻而來。

「把小孩交出來。」他說，以物以物。

「大人，爲什麼您會隨身帶著魚湯？」我手一伸，他就單手把寶寶抱走，交給待命的黑影，我只能眼睜睜看著寶寶和我揮手掰掰。

「臨時出差，飯菜放在灶房絕對一口都不剩。」

我又嗅了嗅那鍋湯，這種五星級水平的手藝，難怪會被幹走。

「那爲什麼獨獨對我法外開恩？」我得了魚湯，也沒有像那邊混入「人群」買小孩的生人被捆綁起來。

「妳沒有嫌棄那些孤魂。」他低啞說道。

我輕笑一聲，這麼溫柔，難怪連飯也沒吃就來救小孩。

他領著我往前走，我忍不住再次審視他的背影，身體裡的東西微微顫動，直覺告訴我，我該認識他才對。

所以他才會特別來包庇我，像我爺也會包庇我摔壞叔叔的鬧鐘一樣。

他回眸睨了我一眼，我假裝看的不是他，而是他陳舊的長袍。我笑咪咪地問：「大人，怎麼不買件新衣裳？」

他說：「我是奴籍，不給薪。」

我右肩還扛了一整袋冥紙，不由分說，全塞給他。

他又說：「本官不接受賄賂。」

「奶粉錢，養孩子也要花錢嘛，給小朋友吃好點。」我不容推辭，求他收錢，再不收我就會拿出所有看家本領哭鬧。

他在我要潑前收了錢袋，然後在隨身本子上仔細填上錢的數目，底下註明「充公」。

林之萍活了三十年，從來沒見過這麼耿介的官員，他果然不是人。

「你有親人嗎？還是子孫？普渡時不是會有零用錢嗎？我爺爺說陰間很冷的，你會不會冷？」

快到盡頭前，我急迫地問，他穿得那麼單薄，什麼也沒有，但腰桿還是挺得比誰都還要直。

「妳除了到處闖禍，還想幹嘛？」這傢伙講話還眞不留半分情面，一定老是得罪人。

「我燒給你，反正我信鬼神，每年都要準備給我家人，也替你準備一份。」

「不必。」他一口回絕，急欲想和我撇清關係。「妳又不是我的什麼人。」

我心上那根弦原本只是輕輕抖著，被他這麼一說，幾乎就要彈出胸口。

「大人，我這輩子，眞的只能和人有緣無分？」

他這才正眼看我，眼神很深，薄唇輕動，但終究沒有出聲。

他誤會了，我並沒有怪罪他的意思。

「妳走吧，有人等妳回去。」

我雙手拎著魚湯，低頭站在他面前，像個小女生手足無措。

「那個故事，妳說錯了。」

他冷淡提出異議，莫名堅持。換作別人敢反駁我爺留給我的傳家寶，我一定用三寸不爛之舌駁斥回去，但現在卻擺出虛心求教的姿態。我今天到底在哪裡吃壞肚子了？明明我一口也沒吃啊！

「鬼王以前會唱曲子，歌聲很美，只有他會爲亡魂唱歌，並不是無心。」

爺也說過，鬼王陛下很吃虧，待在冥世的居民大多忙著算計鬥爭，不可能爲他說話。但身爲爺爺的孫女，此時此刻此地，終於遇上一個爲他們王者說好話的，三界的史書說不定有機會改寫了。

「那個，相識便是有緣，請你留下聯絡方式，小女子擇日到府上拜訪。」

我已經很久不用這麼老套的方式搭訕，誠心誠意想認識這名男子，他輕拍我額頭兩下，手指很冰，但那股暖意卻湧上心頭。

「保重自己。」他這般叮嚀的話，總讓我想起爺爺或老媽。

當我濕著眼眶抬起頭，「人」已經不見了。

我呆怔一陣，兩旁揚起風沙，景色開始倒退。似乎來了個可怕的客人，東市的小販推著自家攤販狂奔，豆花翻倒變成泥巴，魷魚絲變成芒草葉，小蟬吃了那麼多，肚子沒有事吧？

等騷動平靜下來，我眨眨眼，伸手不見五指的黑，只有一個老伯待在園子外打盹，我腳邊是個半刨開的新墳，唯有手中的魚湯還溫熱著。

「媽媽。」

我隨著呼喚望去，是把冬衣穿得圓滾滾的小今夕，就站在我十尺前方，非常、非常無奈的樣子。

「寶貝！」我穿梭過好幾塊石碑，興沖沖來到兒子身邊，有小小夕在，不用擔心回程找不到路了。

「妳怎麼會跑到這種地方來？」他的臉蛋是這麼稚嫩，表情卻是如此老成，反差到極點反倒有種難以言喻的可愛。

「兒子，這樣不行，小小年紀就老干痴呆，以後要媽媽怎麼辦呀？媽媽出門前有說過，爲了給你買魚湯啊！」

「這裡哪裡有魚……」

我亮出保溫盒，今夕果然接不下去炮珠似的囉嗦話。

「小夕，媽媽剛才遇到好有趣的事喔！」人口販子的部分就略過吧！

「外面冷，回去再說。」

「嗯！」我牽起兒子的小手，母子倆開開心心回家去。

回去以後，我說了神奇夜市和好心送湯人，很可惜兒子來之前，他已經走了。今夕對那鍋來歷不明的鮮湯抱持著敵意，直到他淺嚐一口，才鬆下眉頭，輕輕說了聲「好喝」。

明明是好喝死了，人間美味。兒子這麼悶，媽媽我務必更加努力教導他什麼是享樂人生主義才行。

「媽媽，妳喜歡的話，我以後煮給妳。」

「呵呵，寶貝好孝順。」

兒子長大後，成了帥哥界的料理王子，和那鍋魚湯也算是有間接關係。

而後我去跪求小王同志，找一個十七歲意外死亡，叫「知涼」的小女生。不愧是包公大人，半天就給我死者母親的地址。

我找上門時，那戶人家正在燒炭，等我破門而入，那女人在地上哭喊小蟬的名字。

我向她說了小蟬的事，也聊起那些無主小孩，她聽到後來，也就不哭了。

現在，小蟬媽在夜市擺攤，生意很好，她說把賺來的錢燒成銀紙，感覺很爽快。也希望有天陰錯陽差，能有機會再把熱騰騰的飯菜端到女兒面前。

我也跑去買了紙紮衣服，偷偷在陽台縱火，果然和小蟬媽說的一樣，非常痛快，就像世界毀滅前得到裸奔大街的自由。

「媽，妳在幹嘛？」小夕從頭到尾盯著我，不讓我把家裡也燒個精光。

「送衣服給人家。」

今夕那雙眼遠望陽台外一片深邃天空，有些猶疑地啓齒：「東西都被搶走了。」

「什麼？」

「妳要是和那人沒有關係，要記得唸著名字，對方才收得到。」

怎麼辦，他是誰啊？

我看著最後一件紙西裝化成灰燼，欲哭無淚。

〈鬼市〉完

番外 開會

學生會開會紀錄（與會者：會長林今夕、副會長葉素心、公關夏格致、風紀古意）

「陛下，以下是申請提高社團補助費用額度的連署名單……」

「駁回。」

「會長大人，你這樣二話不說退件會引起民怨，要不要換個委婉的方式……」

「整所學校家庭總收入，墊底的是素心，再來就是我。過著吃飽穿暖的日子卻妄想從我手上拿錢，沒那麼容易！」

「哼。」

「可是這樣子，我們樂團社辦上個月才重新裝潢會被學生們拿來說嘴。」

「陛下，這是個講求民主法治的社會。」

「有什麼不滿，叫他們去死。」

「陛下，請您不要這麼任性——」

學生會年度大選總策劃

（與會者：副會長葉素心、公關夏格致、風紀古意，以及過門不入的會長大人）

「就交給你們了，好好幹。」

「林今夕，你提著背包從我們面前經過還揮了下手說再見是什麼意思？」

「夏格致，你這是在質問我嗎？」

「嗚嗚，小的不敢。」

手機鈴響，林會長嘴角浮現難得溫柔的笑意。

「媽。」

關鍵字一出來，大伙都明白是怎麼一回事。

「我馬上回家，妳既然早回來，那就一步也不要離開家門，乖乖等著我。冰箱還有碎肉和豆腐，我會帶條魚回去，妳還想吃什麼菜？」

林今夕太太既然要回家煮飯，天塌下來也留不住他的腳步。

會長大人掛了電話，回頭又是那張冰山俊臉。

「那麼，我要拿到百分之九十的得票率，再見。」

「陛下，請您不要這麼任性——」

二年級，學生會不意外高票當選，原班人馬到齊。只是自從白仙來了之後，林今夕看著他們的眼神總是結了層霜，不再有過去同年死黨那種不計較利益的戲謔。

套一句謝花花的感慨：林今夕變得更孤僻了。

但那個轉變太微小，他們總故意不放在心上，雖然覺得人類感情可笑，再怎麼說也不想打破從青少年時期以來五年多的交情。

「陛下，這個禮拜是否練唱？」

林今夕咳了幾聲，葉素心幾乎從椅子上蹦起來，深怕他的陛下紅顏薄命，像紅樓裡那名最美麗的佳姝，咳著咳著就從那好看的唇角流出血絲。

「練。」

「主唱大人，你不要太勉強。」

「格致，沒有時間了。」

他們不由得同時滯了呼吸。明明當初對被迫到混濁的中間世，還成了一無是處的卑微人類這事深痛惡絕，結果不過幾年的光陰，卻真以爲自己該哭該笑，該在陽光下隨意跑跳，爲了小情小愛糾葛不已。

才甫一猶豫，他們在心底暗叫不妙，不管是那一位最痛恨的人還是他最討厭的鬼，總是不斷不斷把地下王國給拋下，等同於用行動嘲笑黑色帝國的君王有多麼無能。

可是，林今夕只是淡淡看了他們一眼。

「大哥。」

門外探進半顆腦袋瓜，被門簾擋著，看不清臉。那雙異色眸子羞怯眨了兩下，朝林今夕望來，藏了幾分期待。

「小七，怎麼來了？」

「我『感覺』到你還在學校，想跟你一起回家。」

男孩的聲音很軟，如同他的心。林今夕總說要好好利用，花了不少心思籠絡這落難的半神，所作所爲都是爲了棋局的勝率，並非眞心疼愛名下的義弟，他向來不喜歡兄弟這種關係。

可是，白仙一來，說沒兩句撒嬌的話，他們會長就開始收拾東西，食指還帥氣轉了下機車鑰匙圈。

「陛下，會議還沒開始啊！」

「這點小事也沒辦法處理，乾脆去死。」林今夕又回頭瞧了眼哭喪臉的屬下們。「你們不必跟我回去，我也不需要你們。」

喉頭有點燙，說不出謝恩的話。平常人不明白，這已經是他們主君溫柔的極限了。

人走了，走廊還依稀傳來兄弟倆的笑語。

「啊，不要揉我頭毛啦，大家都在看。」

「呆兔子。」

會長大人走得太早，以致於他們來不及向他報告最近學校的流言，說他和謝茵茵分手是因爲性向——林今夕喜歡小男生。

俗話說，有其母必有其子。林之萍女士，能把大魔王養成這種德性，您眞是三界裡最偉大的人類了。

番外 計程車

「小姐，要去哪裡？」

「麻煩請到天堂的入口，謝謝。」

「哈哈，妳真愛說笑。今天還穿白衣服，天要是再黑一點，真的沒人敢載妳。」

「司機先生，我看起來真的像人嗎？」

「我看妳剛才在燈下明明有影子！」

「哎喲，我就是個愛說笑的中年婦女嘛！我說，運將，你相信世上有鬼嗎？」

「問這做什麼？」

「因爲車上都是符咒和佛珠，我猜運將常在夜間奔走，大概怕碰上那一類的東西。」

「只是行車風險大，求個平安。」

「眞的挺危險的，前些日子附近才有個女孩子被撞死，是同事的朋友的弟弟他高中同學的遠房表妹，很孝順的一個孩子。不知道運將上個星期日晚上有沒有注意到什麼？啊，今天剛好是那孩子的頭七。」

「小姐，既然和妳沒關係，案子自有警察處理，妳就不要多管閒事，眞以爲好人有好報？到頭來只是惹了一身腥。」

「運將，新車吼？」

「妳突然問這個，害我腦筋轉不過來。對，上個月才換，還不錯吧？」

「是喔。最近被上司罵得很慘，我也想轉行開計程車，介紹車行老闆給我吧！」

「小姐，妳不行啦！」

「這麼快就被發現我是路痴了嗎？」

「我看妳這身打扮，辦公大樓都在南區，妳一個人跑到這裡等車，八成走錯了路。」

「嘿嘿，我等好久，才等到你這台車。」

「女人家晚上少出來走動，很容易遇上事情。」

「我兒子也這麼唸過我，可是，有時候要我乖乖坐在電視機前面等水落石出，實在太勉強我了。」

「妳有孩子了？看不出來。」

「有三個，最大的最帥，最小隻的最可愛，中間那個最像我……啊啊，雖然很想聊小孩到天荒地老，但是你不問我什麼『水落石出』？」

「唉，妳就說吧。」

「我星期一收看晚間新聞，正好報導那個女孩的事。她家裡沒有人能去車站接她，大半夜的只好徒步回家，那天在我等車地方的路燈又壞了，被撞成重傷，太遲才被發現，送醫不治。我兒子在鏡頭看到『她』——呆呆傻傻佇在原地，還不知道自己死了——隔天就去把人家的魂招回她生前趕著回去的家。你也許覺得他雞婆，但他就是這點像我；看到了，就沒辦法坐視不管。我沒有陰陽眼，只是從電視機上模糊瞄到一輛計程車經過，往出事的地方望來。眼神不像遺憾年輕的生命早逝，而是濃厚的歉疚。」

「小姐，妳誤會了。」

「我這雙眼如老鷹銳利，只看錯過一個男人。順帶一提，我在街角等待的時候，你從我眼前駛過七遍。『她』已經走了，你又爲什麼困在這裡徘徊？」

「小姐，我不懂妳的意思。」

「你不是歹人，只是很害怕。既然夜夜無法闔眼，逃不了罪惡感築起的牢籠，何不坦然面對？」

「我不是故意的，那天太暗，等我煞車，已經來不及了……」

「你當時如果及時把人送去醫院，她就不會死了。」

「我很抱歉，眞的很抱歉……」

「運將，去自首吧！」

最後，感謝各位親愛的小讀者，及AKRU大，
很榮幸與您們相會，期待下次再見。

林綠

下集預告

陰陽路 04

許多許多年前，在那個戰亂頻仍的年代，
一個家破人亡的年輕修道人，
渡過危險的海波，來到這片新天地……

從孤身一人到陸續收徒，
年輕修道人已經不太年輕的某天，猛然回神，
才發現，原來一個不小心，徒弟已經六枚。
門派伙食早就夠差了，居然又撿了個膚白髮白的嬰孩，
這個有著異色雙眸的孩子，被喚作小七，
這總是熱鬧滾滾的門派，叫作白派……

《陰陽路》卷四，回到過去——

蓋亞文化圖書目錄

書名	系列	作者	ISBN	頁數	定價
恐懼炸彈（新版）	都市恐怖病	九把刀	9789867450340	320	260
大哥大	都市恐怖病	九把刀	9789866815690	256	250
冰箱	都市恐怖病	九把刀	9789867929761	240	180
異夢	都市恐怖病	九把刀	9789867929983	304	240
功夫	都市恐怖病	九把刀	9789867450036	392	280
狼嚎	都市恐怖病	九把刀	9789867450142	344	270
依然九把刀（紀念版）	非小說・九把刀	九把刀	4710891430485		345
人生就是不停的戰鬥	非小說・九把刀	九把刀	9789866473029	384	280
不是盡力，是一定要做到	非小說・九把刀	九把刀	9789866473036	384	280
1%	非小說・九把刀	九把刀	9789866473647		400
人生最厲害就是這個BUT！	非小說・九把刀	九把刀	9789866157035	384	299
綠色的馬	九把刀・小說	九把刀	9789866815300	272	280
後青春期的詩（插畫書衣版）	九把刀・小說	九把刀	9789866157530	272	250
上課不要看小說	九把刀・小說	九把刀	9789866473654	272	280
樓下的房客	住在黑暗	九把刀	9789867450159	304	240
獵命師傳奇 卷一～卷十二	悅讀館	九把刀			各180
獵命師傳奇 卷十三～卷十八	悅讀館	九把刀			各199
臥底	悅讀館	九把刀	9789867450432	424	280
哈棒傳奇	悅讀館	九把刀	9789867929884	296	250
魔力棒球（修訂版）	悅讀館	九把刀	9789867450517	224	180
月與火犬 卷1 ～4	悅讀館	星子			
魔	悅讀館	星子	9789866473968	288	240
百兵　卷一～卷八（完）	悅讀館	星子	9789867450531	272	1535
七個邪惡預兆	悅讀館	星子	9789867450913	272	200
不幫忙就搗蛋	悅讀館	星子	9789867450258	308	220
陰間	悅讀館	星子	9789866815027	288	220
黑廟　陰間2	悅讀館	星子	9789866815577	256	220
捉迷藏　陰間3	悅讀館	星子	9789866157073	256	220
無名指　日落後1	悅讀館	星子	9789866815362	336	250
囚魂傘　日落後2	悅讀館	星子	9789866815446	288	240
蟲人　日落後3	悅讀館	星子	9789866815713	280	240
魔法時刻　日落後4	悅讀館	星子	9789866473173	304	240
怪物　日落後5	悅讀館	星子	9789866473500	288	240
餓死鬼　日落後6	悅讀館	星子	9789866473616	256	220
萬魔繪　日落後7	悅讀館	星子	9789866473814	288	240
太歲（修訂版）　卷一～卷六	悅讀館	星子			各280
太歲（修訂版）　卷七（完）	悅讀館	星子	9789866815881	392	299
太古的盟約　卷一～卷四	悅讀館	冬天			各240
太古的盟約　卷五～卷九	悅讀館	冬天			各199
東濱街道故事集　惡都1	悅讀館	喬靖夫	9789866815829	208	180
慈悲　惡都2	悅讀館	袁建滔	9789866473043	336	240
犬女　惡都3	悅讀館	袁建滔	9789866473227	208	180
武道狂之詩　卷一～卷九	悅讀館	喬靖夫	9789866473005	256	220
惡魔斬殺陣　吸血鬼獵人日誌 I	悅讀館	喬靖夫	9789867450821	240	199
冥獸酷殺行　吸血鬼獵人日誌II	悅讀館	喬靖夫	9789867450838	240	199
殺人鬼繪卷　吸血鬼獵人日誌III	悅讀館	喬靖夫	9789867450920	240	199
華麗妖殺團　吸血鬼獵人日誌IV	悅讀館	喬靖夫	9789867450937	368	250
地域鎮魂歌　吸血鬼獵人日誌 特別篇	悅讀館	喬靖夫	9789867450999	192	129
殺禪　全八卷	悅讀館	喬靖夫			各180

＊實際定價以各書版權頁為準

誤宮大廈	悅讀館	喬靖夫	9789866815423	256	220
說鬼　黑白館1	悅讀館	琦琦	9789866473333	320	240
惡疫　黑白館2	悅讀館	琦琦	9789866473517	272	240
遺怨　黑白館3	悅讀館	琦琦	9789866157486	320	240
噩盡島 1～13（完）	悅讀館	莫仁		272	2739
噩盡島II 1～10	悅讀館	莫仁			各220
異世遊　全五卷	悅讀館	莫仁		304	各240
遁能時代 全五卷	悅讀館	莫仁			各240
山貓　因與聿案簿錄 1	悅讀館	護玄	9789866815560	256	220
水漬　因與聿案簿錄 2	悅讀館	護玄	9789866815645	256	220
彩券　因與聿案簿錄 3	悅讀館	護玄	9789866815775	256	220
祕密　因與聿案簿錄 4	悅讀館	護玄	9789866815836	256	220
失去　因與聿案簿錄 5	悅讀館	護玄	9789866473074	296	240
不明　因與聿案簿錄 6	悅讀館	護玄	9789866473319	272	240
雙生　因與聿案簿錄 7	悅讀館	護玄	9789866473586	288	240
終結　因與聿案簿錄 8（完）	悅讀館	護玄	9789866473685	288	240
殺意　因與聿案簿錄番外篇	悅讀館	護玄	9789866157547	256	220
異動之刻 1～8	悅讀館	護玄			1800
陰陽路1	悅讀館	林綠	9789866157523	304	220
陰陽路2	悅讀館	林綠	9789866157592	304	220
陰陽路3	悅讀館	林綠	即將出版		
四百米的終點線	悅讀館	天航	9789866157004	364	250
君子街，淑女拳	悅讀館	天航	9789866157097	272	240
戀上白羊的弓箭	悅讀館	天航	9789866157165	288	240
術數師1　愛因斯坦被摑了一巴掌	悅讀館	天航	9789866815911	336	240
術數師2　蕭邦的刀・少女的微笑	悅讀館	天航	9789866473050	336	240
術數師3　宮本武藏的末世傳人	悅讀館	天航	9789866157318	336	240
三分球神射手 1～6（完）	悅讀館	天航		272	1420
魔法師的幸福時光 1 ～9（第一部）	悅讀館	可蕊			
捉鬼實習生 1 ～7（完）	悅讀館	可蕊	9789866815119	208	180
捉鬼番外篇：重逢	悅讀館	可蕊	9789866815652	320	250
都市妖1~14	悅讀館	可蕊			各199
青丘之國（都市妖外傳）	悅讀館	可蕊	9789867450470	320	220
都市妖奇談 全三卷	悅讀館	可蕊	9789866815058		各250
天使密碼 全五卷	悅讀館	游素蘭			各220
希臘神諭	悅讀館	戚建邦	9789866815706	320	250
筆世界1~3	悅讀館	戚建邦			各220
天誅第一部　烈火之城卷（上）、（下）	悅讀館	燕壘生			各240
天誅第二部　天誅卷一～卷三（完）	悅讀館	燕壘生			各250
天誅第三部　創世紀卷一～卷三（完）	悅讀館	燕壘生			共810
道可道系列 1～4（完）	悅讀館	燕壘生			
活埋庵夜譚（限）	悅讀館	燕壘生	9789867450333	224	200
天使密碼 全五卷	悅讀館	游素蘭			各220
公元6000年異世界（新版）	悅讀館	Div	9789866815621	312	240
獵頭	悅讀館	烏奴奴&夏佩爾	9789866473739	288	240
輪迴	悅讀館	九鬼	9789866815782	256	199
再見，東京 1～4（第一部完）	明毓屏作品集	明毓屏			各250
歲月之石　卷五 記憶風暴	阿倫德年代紀	全民熙			
符文之子 卷一～卷七	符文之子1	全民熙			
德莫尼克 卷一～卷八	符文之子2	全民熙			

＊實際定價以各書版權頁爲準

國家圖書館出版品預行編目資料

陰陽路 / 林綠 著.——初版.——台北市：
蓋亞文化，2011.11
面；公分.（悅讀館；RE263）

ISBN 978-986-6157-60-8（卷三；平裝）

857.7 100013682

悅讀館 RE263

陰陽路 03

作者 / 林綠
插畫 / AKRU
封面設計 / 克里斯
出版社 / 蓋亞文化有限公司
地址◎ 台北市103赤峰街41巷7號1樓
電話◎（02）25585438 傳眞◎（02）25585439
臉書◎ www.facebook.com/Gaeabooks
部落格◎ gaeabooks.pixnet.net/blog
電子信箱◎ gaea@gaeabooks.com.tw
投稿信箱◎ editor@gaeabooks.com.tw
郵撥帳號◎ 19769541 戶名：蓋亞文化有限公司
法律顧問 / 義正國際法律事務所
總經銷 / 聯合發行股份有限公司
地址◎ 新北市新店區寶橋路二三五巷六弄六號二樓
電話◎（02）29178022 傳眞◎（02）29156275
港澳地區 / 一代匯集
地址◎ 九龍旺角塘尾道64號龍駒企業大廈10樓B&D室
電話◎（852）2783-8102 傳眞◎（852）2396-0050
初版三刷 / 2015年07月
定價 / 新台幣 240 元
Printed in Taiwan

ISBN / 978-986-6157-60-8

RE263
GAEA

陰陽路 03

陰陽なる途

蓋亞文化　讀者迴響

感謝您在茫茫書海中選擇了蓋亞，您的支持是我們最大的動力。
不要缺席喔，讓我們一起乘著夢想的羽翼，穿越時空遨遊天地！

姓名：性別：□男□女出生日期：　年　月　日
聯絡電話：手機：
學歷：□小學□國中□高中□大學□研究所職業：
E-mail：（請正確填寫）
通訊地址：□□□
本書購自：縣市　書店
何處得知本書消息：□逛書店□親友推薦□DM廣告□網路□雜誌報導
是否購買過蓋亞其他書籍：□是，書名：□否，首次購買
購買本書的動機是：□封面很吸引人□書名取得很讚□喜歡作者□價格便宜 □其他
是否參加過蓋亞所舉辦的活動： □有，參加過　場□無，因為
喜歡出版社製作什麼樣的贈品： □書卡□文具用品□衣服□作者簽名□海報□無所謂□其他：
您對本書的意見： ◎內容／□滿意□尚可□待改進　◎編輯／□滿意□尚可□待改進 ◎封面設計／□滿意□尚可□待改進　◎定價／□滿意□尚可□待改進
推薦好友，讓他們一起分享出版訊息，享有購書優惠 1.姓名：e-mail： 2.姓名：e-mail：
其他建議：

◎請沿虛線剪開、對摺、裝訂後寄出

◎請沿虛線剪開、對摺、裝訂後寄出

廣告回信 郵資免付
台北郵局登記證
台北廣字第675號

GAEA 蓋亞文化有限公司 收

103 台北市赤峰街41巷7號1樓

GAEA

Gaea